親友歴五年、今さら君に惚れたなんて言えない。

三上こた

角川スニーカー文庫

23349

目次
Contents

本文イラスト:垂狼　デザイン:AFTERGLOW

親友歴五年、
今さら君に惚れたなんて言えない。

中学の頃のふたり
「おつかれ、私も部活終わったところ。
一緒に帰ろっか」

デートの帰り道
「碧。足を怪我してるだろ？

そこのベンチで休憩するぞ」
「り、陸!?」
有村《ありむら》 銀司《ぎんじ》
陸の友人で、
よく相談相手になっている。
最近の相談内容が、
専ら碧に関することでちょっと呆れている。
二条《にじょう》 沙也香《さやか》
碧の友人で、
よく相談相手になっている。
碧と陸の関係を
温かく見守っている。
巳城《みしろ》 陸《りく》
小さい頃から野球少年で、
碧とは気がつけば仲良くな
高校で印象が大きく変わっ
一目惚れしたが、
きっかけが掴めないでいる。

一回表▼▼▼ 異性の親友を好きになってしまった。その1

「おーい、陸《りく》。おはよー！」

登校中、ふと名前を呼ばれて、俺は背後を振り返った。

視線を向けた先にあったのは、長い黒髪を揺らして走ってくる少女の姿。

「碧《あお》か。おはよ、今日は遅かったな」

俺が歩く速度を落とすと、小走りで近づいてきた彼女は、少しだけ息を切らして隣に並んできた。

「いやあ、あはは。珍しく朝ご飯作るのに挑戦したら、見事に失敗しちゃってさー」

照れたように笑う碧。

大きな二重の瞳《ひとみ》と、白い肌が目立つ横顔に少しドキッとしながらも、俺はポーカーフェイスを装って話を続けた。

「へえ、いったい何を作ったんだ？」

「コーンフレーク」

「失敗する要素なくね⁉」

「甘いね、陸。シンプルな料理ほど奥が深いんだよ。一度失敗すると、他の作業でカバーするのが難しいからね」

「そういうレベルを超えてるよ！　そもそもあれって料理にカウントしていいの⁉」

「料理は愛情と言うし、逆説的に、愛情が籠《こ》もってたらそれはどんなものであれ料理！」

「何に対する愛情が籠もってたんだよ！」

堂々と言ってのける碧に少し呆《あき》れながら歩いていると、彼女は何か思い出したように顔をしかめた。

「あ……そういえば私、日直だわ。もう行かなきゃ」

「手伝おうか？」

俺が申し出ると、碧は笑顔で頷《うなず》いた。

「助かる。やっぱり持つべきものは親友だね！　この借りは必ず返すよ！」

「はいはい。じゃあ今度何か奢《おご》ってくれ」

「では私の愛情たっぷりのコーンフレークを」

「愛情があるなら、もう少し手の込んだものを用意してくれ」

くだらないことを言い合いながら、俺たちは小走りで学校へと向かうのだった。

――告白するなら早いほうがいいぞ。

唐突で済まないが、全人類への警告として、俺からこの言葉を伝えたいと思う。

距離を詰めてからとか、勇気が出ないとか、恋愛の駆け引きをしたいとか。

そんなことで告白を先延ばしにしている輩がいたら、俺はこう言ってやりたい。

――お前はもう負けている、と。

ボールが来たのにずっとバットを振らない打者は、それだけで三振なのだ。

同じように、告白するタイミングがあったにもかかわらず告白できなかった奴は、恋愛において確実に成功率を落とす。

だから好きだと思ったらすぐに攻めろ。拙速は巧遅に勝るのだ。

ただまあ――問題は。

既に関係の固まってしまった相手を、急に好きになってしまった場合でして。

たとえば、小学校から付き合いのある五年来の親友を、いきなり女として意識してしまった場合なんか最悪だ。

もはや距離を詰めようがない。だってある意味、究極まで距離が詰まってるもの。

はっきり言って終わっている。異性として意識してもらえないというのは、スタートラインに立てないのと同じである。

——まあ、今の俺なんだけどね。

だからこそ、俺は全人類に言いたい。

告白できるタイミングがあるなら、相手にまだ異性として意識してもらえるタイミングがあるのなら、それを決して逃すなと。

「ありがと、陸。おかげで間に合ったよ」

日直の仕事をギリギリで終えた俺と碧は、生徒がちらほら登校してきた教室を見回しながら一息吐いた。

「気にするなって。そんな大変な作業じゃなかったし」

「けど助かったし。あ、そうだ。今日の放課後、バッティングセンター行こうか。私が奢っちゃうから」

ぐっと親指を立てて笑う碧。

バッティングセンターは俺たちの共通の趣味であり、仲良くなったきっかけでもある。

「おう。楽しみにしてる」

「了解。じゃ、私は職員室から日誌もらってくるね」

軽く手を上げて碧と別れる。

全く以ていつも通りの会話で、いつも通りの距離感。

それはそれで心地よいのだが、今の俺には少し物足りない。

なんてことを考えながら碧の背中を見送っていると、不意に肩をぽんと叩《たた》かれた。

「うっす、陸。おはよ」

振り返ると、そこにいたのは朗らかな笑みを浮かべる男子生徒。

清潔感のある短髪に、運動部らしい日焼けした肌と快活な笑顔。

俺の友人である有村銀司《ありむらぎんじ》だった。

「ああ、銀司か。おはよう」

俺が挨拶《あいさつ》を返すと、銀司は軽く視線を動かして碧の後ろ姿を一瞥《いちべつ》した。

「碧ちゃんといたのか。相変わらず仲がいいな」

からかい半分に言ってくる銀司に、俺は乾いた笑いを浮かべる。

「だろ？　これだけ近い距離にいるのに、まるで進展もなく相変わらずな関係なんだ。なんかもうゴミ野郎だよね、俺」

「なんだ、そのネガティブな解釈!?」

「気を遣わなくていいさ。遠慮なく『どんだけ進展しねえんだよ！　お前の恋愛はサグラダファミリアの建設と同じペースか！』みたいな罵倒《ばとう》をしてくれ」

「そんなたとえツッコミしたことないんだけど！」

朝から微妙に落ち込む俺を、銀司は宥《なだ》めてくる。

「とりあえず落ち着け。話なら聞くから、な？」

腫《は》れ物《もの》に触るような銀司に促され、俺は自分の席に座った。

前の席が無人だったのをいいことに、銀司がそこに座る。

「で、なんでそんな荒れてるのさ」

「荒れてるわけじゃないけど、進展のない自分の恋愛に閉塞感《へいそくかん》を覚えています。これだけ閉塞感を覚えてるのは、シュレーディンガーによって箱に閉じ込められた猫か俺くらいのもんよ」

「なるほど、話は分かった。あと変なたとえをぶっ込んでくるのやめて？　真剣に話聞く気なくなるから」

軽いクレームを入れた銀司は、一つ溜《た》め息《いき》を吐いてから話を本題に戻す。

「とりあえず恋愛を進展させたいってことだな。じゃあ、色々と積極的に動いてみたらいいんじゃないか？　たとえば、学校の帰りに二人で遊びに行ったりとか」

「あ、それなら今日二人でバッティングセンターに行く約束をしたわ」

そう告げると、銀司は少し驚いたように目を見開いた。

「そうか、やっぱ仲いいな。じゃあそこで告白したりとか」

「イメージ湧かないなあ。昨日も一昨日《おととい》も一緒に遊んだけど、まるでそういう空気にならなかったし」

俺が難しい顔で首を横に振ると、銀司も眉根《まゆね》を寄せた。

「うーん……遊びの内容が悪いのかな？　もっとデートっぽいことをしてみるとか……そうだ、映画とか行ってみたらどうだ？」

アドバイスしてくれる銀司には悪いが、それもあまりピンと来ない。

「映画ねえ。最近、映画館に行く機会多かったし、めぼしい作品はだいたい観ちゃったからなあ」

「いいじゃん、別に。映画の内容自体を楽しみにするわけじゃないんだし。むしろ、当たり外れが分かってる分、確実に盛り上がる映画を選べるんじゃないか？」

確かに碧が喜んでくれれば、それを話の種に盛り上がれるし、悪くない選択肢だ。

ただ一つの問題点さえなければの話だが。

「けど、俺が観た映画は碧も観てるからなあ。その上で確実に盛り上がるってのも――」

「ちょっと待ってください」

話を進めようとする俺を、銀司が手で制してきた。

「どうした？　銀司」

「いや……確認するけど、お前が最近映画館行った時って碧ちゃんと一緒だった？」

何故か難しい表情で訊《たず》ねてくる銀司に、俺は軽く頷いた。

「ああ。近所の映画館がカップルデーやってて、男女二人だと割引だったからさ。先月二人で結構通ってて」

「やっぱりかよ！　しかもカップルデーに行ってたの⁉」

「そうなるな」

俺が素直に頷くと、銀司は何故か頭を抱えた。

「休日に仲良く映画デートして、平日もずっと学校帰りに制服デート……お前もう、あとはお互いの家に行くくらいしか残ってねえぞ」

「さすがに家に行くのは新作のゲームが発売された時とテスト期間くらいかな」

「もう行ってんのかよ！　高校一年生という大変な思春期に！　平日も休日もデートして、さらには家にまで遊びに行ってると！　なのに、まるで付き合う気配がないの⁉」

「はい。数年前からその状態が続いています」

「どんだけ進展しねえんだよ！　お前の恋愛はサグラダファミリアの建設と同じペースか！」

痛烈なたとえツッコミをかまされ、思わず俺はたじろいでしまった。

「い、いや、俺だって進展させたいさ！　けどな、元があまりにも仲良くなりすぎてしまうと、逆に恋愛に持ってくのが難しいんだよ！」

「ほーう。なんか言い訳があるなら聞いてやろう」

ちょっと落ち着いてくれた銀司。

こいつとは中学時代、同じシニアリーグの野球チームに所属していた関係だ。

だから俺とは仲が良いのだが、中学校は別だったため、俺と碧の仲については知らない。

「いや、こう言うと意外かもしれないけど……実は俺が碧に恋愛感情を抱いたのって最近なんだよね」

「そうなのか？」

意外そうに目を見開く銀司に、俺は軽く頷《うなず》いた。

「ああ。意識するようになったのは、高校に入ってからだ。だからお前が言うほどサグラダってるわけじゃない」

「何その謎の動詞」

「で、その中学時代も、俺と碧は今とほとんど変わらないような行動を取っていたわけよ」

銀司のツッコミをスルーして話を進める。

「平日に遊びに行ったり、休日にデートしたり、お互いの家に行ったり？」

「そう。変に異性として意識するのも向こうは嫌がるかなって思ったし、何より無粋な気がしたんだよな」

まだ男女の友情が成立すると思っていた頃である。

俺は碧を本当に親友だと思っていたし、碧だってきっとそうだった。いや、あいつは今でもそうなんだろうけど。

だから、女の子として意識した目で見るのは、二人の友情への冒瀆《ぼうとく》のように思えてしまったのだ。潔癖だね、中学生の俺。

「なるほどねえ……そこで、悪い意味でお互い耐性が付いちゃったわけだ」

納得したように苦笑する銀司に、俺も頷いてみせる。

「ああ。碧だって俺と二人で出かけるのなんてただの日常だと思ってるはずだし、それくらいじゃ何も意識しないだろう」

まさに、悪い意味で耐性が付きまくってる。

「それはまた……どうやって距離を詰めればいいのか分からないな」

難しい顔をする銀司。

俺も溜め息を吐いて彼の言葉を肯定した。

「だろ？　普通のアプローチじゃ異性として全く意識してもらえないんだよ……どうしたもんかね」

二人の間に沈黙が下りる。

この詰んだ盤面に活路を見出す新手がないものか。

じっと考えていると、銀司が静かに息を吐いた。

「それならプレゼント作戦がいいんじゃないか？　どう考えても下心ありますって感じのプレゼントを贈れば、向こうも意識してくれるだろ」

「おお、王道だな。よし、その路線で行ってみよう」

王道、だからこそ効果的なアイディアをもらい、やる気が満ちてきた。

そんな俺を見て、何故か銀司は少しだけ不安そうな顔をする。

「ちなみに、何をプレゼントする気だ？」

「前に球場行った時にもらった、プロ野球選手のサインボールにしようかと」

「却下。色気がなさすぎるわ」

自信満々に俺が出したアイディアは、あっさり否定されてしまった。

「なんでさ。碧も絶対喜ぶのに」

不満も露わに俺が抗議すると、銀司は呆《あき》れと憐《あわ》れみが混じったような目を向けてきた。

「喜ぶかもしれないけど、それで異性として意識されるわけないだろ……よく分かった。お前にプレゼントのセンスはない」

「ぐぬぅ……じゃ、どうしろと」

センスを完全否定されて歯嚙《はが》みする俺に、銀司は半ば投げやりな態度で新たなアドバイスを放り投げてきた。

「まあアレだ。こうなったら、いっそ告白するしかないんじゃないか？」

「い、いきなりか？　こんな全く意識されてない場面で」

思い切った戦術に、俺は少なからず動揺する。

が、銀司は確信を持ったように強く頷いてみせた。

「だからこそ、だ。普通にやっても意識してもらえないなら、告白することで意識してもらうんだよ。たとえ一回フラれても、チャンスは一度じゃない。まずは意識してもらうところから始めるんだ」

「な、なかなか勇気のいることを言ってくるな」

煮え切らない俺に、銀司は呆れたような目を向ける。

「他の男に取られてもいいのか？」

「な、なんだと」

「碧ちゃんって俺から見ても可愛いし、他にも憎からず思ってる男はいると思うぞ？　今はお前と付き合ってるって思われてる節があるから誰も声を掛けないが、このままダラダラ引き延ばしてたら、アプローチしてくる男は出るだろ」

「ぐぬ……」

確かに碧は可愛い。超可愛い。

性格も明るく、人当たりがいいし、めっちゃいい女だ。

高校に入学してからまだ一カ月しか経っていないから目立った動きはないが、これから先、誰もアプローチしないと考えるほうが不自然だ。

もしも、このまま俺のことを意識していないとなれば、当然ながら碧も他の男と付き合ったり――。

「やばい、想像したら吐き気がしてきた。銀司、ちょっと鞄《かばん》貸してくれ」

「何をエチケット袋にしようとしてんだ！　ていうかメンタル弱すぎるだろ！」

鞄を胸に抱えて隠す薄情な友人の声を聞きながら、俺は必死で吐き気を堪えるのだった。

──告れ。とにかく告れ。早く告れ。

そんな銀司の言葉を胸に刻み込んで迎えた放課後。

日直で遅れる碧を校門で待っていた俺は、廊下から聞こえてくる足音で顔を上げた。

「お待たせ、陸！」

急いで来たのか、少し息が切れている碧。

俺を見つけた瞬間に浮かべた笑みが最高に可愛くて、なんでつい最近までこいつを女子として意識せずにいられたのか、少し不思議に思えた。

「あ、ああ。最後まで手伝ってもよかったんだが」

「ん、ありがと。けど日誌を職員室に出すのなんて一人で十分だし。それより、早く行こうよ！　駅前のバッセン、ライト壊れてるから夜になるとボール見えなくなるよ」

弾むような足取りで歩き出す碧の後を追いながら、俺はドキドキする心臓を必死に深呼吸で宥《なだ》めていた。

告白……告白かあ……。

「陸、どうしたの？　なんかぼーっとしてるけど」

気付けば、碧が至近距離から顔を覗《のぞ》き込んできていた。

「うおっ⁉　な、なんでもない！」

慌てて飛び退き、なんとか取り繕う。

近くで見ても可愛いな、こいつめ。あとめっちゃいい匂いしたし。

「そう？　ならいいけど」

不思議そうに首を傾げる碧。いかん、考え事は後にしよう。

そうこうしているうちに、行きつけのバッティングセンターに到着した。

「あ、景品が新しくなってる」

受付の脇にある景品一覧を見るなり、碧がそう呟《つぶや》いた。

このバッセンではホームランを打つと景品がもらえるのだが、そうたいしたものはない。

今回もぬいぐるみに髪留め、陶磁器と、ラインナップに一貫性が見当たらなかった。

「どう見ても近くの商店街の売れ残りだな……」

「あはは、それっぽいね。あ、でもこのかんざし可愛いな。私もだいぶ髪伸びてきたし、こういうのを付けてみるのも新鮮かも」

が、そんな売れ残り群の中でも、碧は興味のある一品を見つけたらしい。

ラインナップにあった花の飾りが付いたかんざしを見て、目を輝かせていた。

俺も、思わずかんざしを挿した碧を想像してしまう。

うん、似合う。というか何を付けても可愛いけど。

「珍しいけど、確かに碧には似合いそうだな」

「ほんと？　じゃあ絶対取るからね！」

俺の言葉が嬉《うれ》しかったのか、碧のテンションが上がる。

「よーし、気合い入った！　今日は月まで飛ばすよ！」

左打席に入る碧を背後から見守る。

バッティングセンターは打球が場外に飛ばないよう、施設の周囲を大きなネットが覆っている。

そしてネットの上部には、ホームランと書かれた丸い板が張られていた。

あそこに打球をぶつければホームラン賞がもらえるのである。

「んっ……しょっ！」

ボールが放たれると、碧は強く踏み込んでバットを振った。

金属バット特有の甲高い打撃音が響き渡る。

放物線を描いた打球は、しかしホームランゾーンにぶつかる前に失速し、平凡なフライとなってしまった。

「まだまだっ！」

鋭い打球を何度も飛ばす碧。

なんとなく、碧がソフトボール部だった頃を思い出す。

とはいえ、見た目は全然あの頃と違うが。

現役時代の碧は髪の毛も短く、肌も日焼けしていてどこか少年っぽさがあった。

今みたいに髪を伸ばし、肌も白い美少女になったのは引退してから。

そんな彼女に惚《ほ》れてしまったのは、自然の流れだったのかもしれない。

「うぅ……無念」

結局、打てなかった碧は、がっくりと肩を落として打席から出てくる。

「ドンマイ」

苦笑しながら励ますと、碧が俺の袖《そで》を引っ張ってきた。

「陸のかっこいいとこ見たいなー？　こう、特大ホームラン打つとことか」

「……俺にあのかんざしを取れと？」

「男子のパワーでなにとぞ」

両手を合わせて拝んでくる碧。

とはいえ、ホームランなんて狙って打てるものでも……いや待てよ。

これってもしかして、告白のチャンスじゃね？

俺がホームランを打ち、かんざしを手に入れて、それをプレゼントしながら告白……アリじゃね？

「よっしゃ！　俺に任せろ！」

「やった！　任せたよ、陸！」

碧と入れ替わりで右打席に立ち、側の箱に入っていた金属バットを一本引き抜く。

気持ちとしては、伝説の剣を手に入れた勇者くらいのノリである。

「絶対打つぞ……この打席に俺の青春の全てが懸かってる……！」

「なんで甲子園《こうしえん》行きが懸かった試合みたいになってるのか分からないけど、すごく頼もしい！　頑張って！」

碧の応援を聞きながら、俺はバットを構えた。

下心が集中力に変換されたのと同時、マシンがボールを投げる。

情熱は最高の才能だという言葉が真実なら、今の俺は確実に天才だ。

その証拠に、いつもよりボールが遅く見える。

「っしゃあ！」

踏み込み、思いっきりバットを振る。

重心の移動に合わせて腰を回転させ、インパクトの瞬間に全ての力を爆発させた。

甲高い金属音。

綺麗《きれい》なバックスピンを掛けられた打球は、ぐんぐん伸びていき——ホームランと書かれた板に直撃した。

「うおっ、マジで当たった」

ホームラン賞を知らせる安い電子音を聞きながら、自分で自分の打撃結果に驚く。

「わ、本当に打ったし！　さすが陸！」

打席の外ではしゃぐ碧。

俺が打席から出ると、彼女は両手を上げてハイタッチを求めてきた。

「陸、ナイスバッティング！」

「おう！」

パチンと両手を打ち鳴らす。

まさか一球で仕留められるとは思わなかった。告白前に縁起がいい。

「よし、ホームラン賞もらいに行こうよ！」

碧ははしゃぎながら、俺の手を引いて事務所へ向かう。

「走るなって。転ぶぞ」

俺は手を繋《つな》いでいることに内心でめっちゃ喜びつつも、平静を装って付いていった。

「すみません、ホームラン賞ください！　そこのかんざしで！」

弾むような声で碧が事務所に呼びかける。

「はーい、おめでとうございます。三種類ありますけど、どれにします？」

その声に応えて、事務所に詰めていた職員さんがいくつかのかんざしを持ってきた。

ピンクの椿と黄色い薔薇《ばら》、紫の菫《すみれ》の飾りがそれぞれついた、三種類のかんざし。

「うーん……どれもいいなあ。陸が選んで？」

「わ、分かった。任せろ」

すぐそこに迫った告白に緊張しながら、俺は成功の鍵《かぎ》になるかんざし選びを始める。

さて、碧の好みはどれだろうか。

基本、花はどれでも好きだしなあ。菫、いや椿？　黄色い薔薇はどうだろう。ていうか黄色なんて珍しいな。

「あ、そういえば……」

珍しい黄色い薔薇を見て、ふと思い出すことがあった。

──あれは一昨年《おととし》の夏休み。ソフトボール部の先輩が引退する際に、碧と二人で花束を買いに行った時のことである。

その時、碧が花屋の店頭に並べられた黄色い薔薇を見つけて「これ、私たちにピッタリだね」と嬉しそうに言って、自分用に一本買ったことがあった。

……これじゃないか？　俺が碧に贈るものとして相応《ふさわ》しいのは。

来た来た来た！　思い出の蓄積が今の俺を支えている！

「じゃあ、このかんざしで」

俺は深呼吸を一つしてから、黄色い薔薇のかんざしを指差した。

「はい、どうもまたのご利用をお待ちしてます」

職員さんはかんざしを軽くラッピングすると、俺に渡してくれる。

その重さが手のひらに収まると同時、俺の心臓もバクバクと鼓動の音量を上げた。

こ、これを渡して、碧が喜んだのを確認してから告白をする。

できるか？　いやできる！　俺はプレッシャーに強い男！

「ほら、碧」

声が裏返りそうになるのをなんとか堪え、かんざしを渡す。

碧は嬉しそうにそれを受け取ると、最高の笑みを浮かべた。

「ありがと、陸！」

その笑顔があまりに可愛かったので、なんかもうそれだけで満足しそうになったが、ここで逃げたら現状維持だと思い直す。

「あのさ、話があるんだけど」

意を決して本題に入ろうとすると、碧はきょとんとしたように小首を傾げた。

「なに？　改まっちゃって」

目が合うと、喉《のど》まで出かかっていた言葉がまた引っ込みかける。

「いや、なんていうか……その……」

やばい、臆病風《おくびょうかぜ》に吹かれてる。

俺がなかなか話を切り出せないでいると、碧がふと思い出したように口を開いた。

「ねえ、黄色い薔薇と言えば、先輩たちが引退した時のこと思い出さない？　二人で花束を買いに行って、その時に黄色い薔薇を見つけてさ」

俺がさっき考えていたのと同じエピソードを口にされて、少し驚いた。

「お、おう。覚えてるよ」

「よかった。黄色い薔薇の花言葉が私たちにピッタリだったから、つい買っちゃったんだよね。陸とずっと一緒にいられるようにって思って」

柔和な笑顔でそんなことを言われて、俺は思わず胸が高鳴る。

「へ、へえ、俺も同じ気持ちだよ。ちなみに、その花言葉ってなんだったんだ？」

どんどん告白しやすい流れになっている気がして、碧の話に乗ることにした。

このまま話を進めて、一番いいタイミングで告白しよう。

そんな俺の計画は――

「確か、黄色い薔薇の花言葉は『友情』だね。私たちにはピッタリだなって当時は思ったものだよ」

――碧の台詞《せりふ》であっさりと粉砕されたのだった。

あの……ちょっと待ってください。

今、なんて言った？　友情？　よりによって友情？

あれ、おかしいな……さっきまで勝利確定みたいな流れだったのに、逆転満塁ホームラン打たれちゃった感じがしてきたんだけど。

「……と、そんなことはいいとして。結局、話ってなんなの？」

可愛らしく話を元に戻してくる碧。

こんな状況で言えるかーい！

打席に立っているのにバットを振らない奴は見逃し三振になるが、明らかなボール球を振る奴もまた三振するのだ。

「朝はあんなこと言ったけど……実は俺、コーンフレークが好きなんだ」

結局、俺はものすごくどうでもいい発言でお茶を濁すことにしたのだった。

「あ、そうだったの？　じゃあやっぱり私の愛情たっぷりのコーンフレークをごちそうしましょう」

「あはは……頼むわ」

笑ってくれよ、こんな情けない俺を。


翌日の学校。

力なく机に突っ伏す俺の下に、いつもの如く銀司がやってきた。

「うす、陸。結局、昨日はどうなったんだ？　ちゃんと告白できたのか？」

もはやあらゆる気力が失せていた俺は、机に突っ伏したまま端的に事実を伝える。

「バッティングセンターでホームランを打った結果、俺の大好物がコーンフレークってことになったわ」

「どういうこと!?　風が吹けば桶屋《おけや》が儲《もう》かるってことわざ以上に流れが読めないよ！」

「つまり俺と碧はずっと親友ってことさ……」

「お互いに日本語を喋《しゃべ》ってるのに、こんなにも話が理解できないってあり得る⁉」

そりゃあ、そういうこともあるさ。
五年来の親友でも、相手の気持ちに気付けなかったりするのだから。
だから、改めてこの言葉を全ての人類に贈ろう。
――告白するなら早いほうがいいぞ。

一回裏 ▼▼▼ 異性の親友を好きになってしまった。その2

——告白するなら早いほうがいい。

唐突で申し訳ないけど、全ての人類に私からこの言葉を贈りたい。

距離を詰めてからとか、勇気が出ないとか、恋愛の駆け引きをしたいとか。

そんなことで告白を先延ばしにしている人がいたら、私はこう言ってやりたい。

——君はもう負けている、と。

打者との勝負から逃げて四球ばかり投げている投手は、それだけで打ち込まれているのと一緒なのだ。

同じように、告白するべきタイミングで告白できない人間は、もう負けているようなものである。

だから好きだと思ったらちゃんと告白するべき。押し出しの四球を出してから慌てて勝負しても、もう遅いのだから。

ただまあ——問題は。

既に関係の固まってしまった相手を、急に好きになってしまった場合でして。

たとえば、小学校から付き合いのある五年来の親友を、いきなり男として意識してしまった場合なんか最悪だ。

もはや距離を詰めようがない。だってある意味、究極まで距離が詰まってるもの。

はっきり言って終わっている。異性として意識してもらえないというのは、スタートラインに立てないのと同じである。

──まあ、今の私なんだけどね。

だからこそ、私は全人類に言いたい。

告白できるタイミングがあるなら、相手にまだ異性として意識してもらえるタイミングがあるのなら、それを決して逃すなと。

「それでね、陸がホームラン賞取ってくれたんだよ。野球辞めてから随分経つのに、ずっとバッティングが上手いんだよねー」

昼休みの中庭。

ベンチに座った私は昼食を摂りながら、昨日の出来事を友人に話していた。

「ふーん。巳城《みしろ》ってそんなに野球上手いんだ。野球部に入る気ないの？」

私の話に相槌《あいづち》を打つのは、セミロングの髪をポニーテールにまとめた少女。

童顔ながらクールな表情をしており、どこか大人びた印象もある。

彼女の名前は二条《にじょう》沙也香《さやか》。

同性では最も仲の良い私の友人だ。

中学は別だったんだが、同地区のソフトボール部で切磋琢磨《せっさたくま》した相手でもある。

「うん。昔は甲子園に行くってよく言ってたんだけどね。中学で引退したあたりで、『俺は野球が好きなんじゃなくて、バッティングが好きなことに気付いた』とか言って辞めちゃった。野球やりてる陸、かっこいいから残念だけどね」

普段はそこまじ覇気がない陸だけど、打席に立った時の彼は集中と緊張が入り交じったような、凛とした表情をする。

その顔を見たいがために、彼と遊ぶ時はよくバッティングセンターを選んでいるのは、私だけの秘密だ。

「ふーん……ところで碧、一つ聞いていい？」

「なに？　さーやちゃん」

ブリックパックのウーロン茶にストローを挿しながら私が応じると、さーやちゃんは何気ない様子で言葉を続けた。

「いったい、いつ巳城に告白するの？」

「にゃっ⁉」

予想外の台詞に、私は思わずウーロン茶のパックを握《にぎ》り潰《つぶ》してしまった。

顔に掛かったウーロン茶の冷たさに仰け反っていると、さーやちゃんは呆《あき》れたようにハンカチを渡してくれる。

「動揺しすぎでしょ」

「だ、だって、さーやちゃんがデリケートな部分にいきなり切り込んでくるから」

まるで死球寸前の内角高めストレートだ。思わず仰け反ったのは致し方ない。

「そうは言うけど、付き合ってもいない相手の惚気《のろけ》を昼休みの間ずっと語られてちゃねえ。好きなんでしょ？　巳城のこと」

「そ、それは……」

ポーカーフェイスの冷めた視線から、私は逃げるように目を逸らした。

「……向こうは、私のこと意識してないと思うし」

暗に気持ちを認める言葉を吐くと、さーやちゃんは小首を傾げた。

「そうかね？　どう見ても女子の中で碧が一番巳城と仲いいし、なにより碧は可愛いんだから、向こうも絶対意識してると思うけど。少なくとも、碧に告白されたら悪い気はしないでしょ」

「いやいや……いやいやいや！」

ぶんぶんと首を横に振る。

すると、さーやちゃんは深々と溜め息《たいき》を吐いた。

「そんなこと言ってると、他の女に取られちゃうかもよ」

「ほ、他の女って……陸に近づいてくる女の子、私以外に見当たらないけど」

不安を煽《あお》るさーやちゃんの言葉に多少ムキになりながら反論すると、彼女はどこか意地悪っぽい微笑を浮かべた。

「だからこそ、だ。巳城って碧以外に女っ気ないだろ？　だからちやほやしてくれる女が現れたら、舞い上がってそっちに転んじゃうかもしれないぞ」

「うぅ……」

そ、そう言われるとそんな気がしてくるかも……！

「だいたいにし、なんで碧はそんなに自信ないんだ？　それだけ近い距離にいるのに」

「いやだって……五年間、ずっとこんな関係だし」

一つ深呼吸をして、乱されっぱなしだった心を整理する。

「五年もあるとね、やっぱり色々あるものですよ。たとえば中学時代に陸が他の子を好き

になったりしたこととか」

「ほう？」

興味深そうに相槌を打つさーやちゃんに、私は二人の思い出を開帳する。

「その頃は私も陸のことを特に意識してなかったから素直に相談に乗ったり、応援したりしてたんだけど……その頃の距離感と、今の距離感、全然変わらないんだよね」

だから、陸は恋愛感情とか抜きに、私相手にはこの距離感で接する人なのだと、そう結論づけざるを得ない。

「また面倒な……付き合いの長さがマイナスに働いてるパターンか」

さーやちゃんも色々と察してくれたようで、腕組みして顔をしかめた。

何よりも厄介なのは、私自身も当時と同じ距離感で陸と接していることである。

付き合いが長く、お互いの扱い方が分かっているため、表面を取り繕うことばかり上手くなってしまった悲しい女なのだ。

そのせいで、隠している気持ちが変わっても、表面上はお互いに何も変わらない付き合いが続いてしまっている。

「まずは意識させるところから始めてみたら？　デートに誘ったり」

「遊びに行くのはいつもやってるけど……昨日も一緒に遊んだし」

「なら、ファッションを変えてみるのはどうだ？　急に可愛い格好して行けば、向こうも意識してくれるかもしれないぞ？」

「そ、そうかな？」

思いのほか建設的な意見をもらえて、私はちょっとテンションが上がってきた。

「ああ。ものは試しって言うし、とりあえず可愛いって言ってもらえれば、それだけでも儲けものでしょ」

「確かに！」

その場面を想像して、更にテンションが上がる私である。我ながら単純な女だ。

「さっそく試してみるよ！　ありがとね、さーやちゃん！」

「ん。上手くいくことを祈ってる」


『ねえ陸、日曜日空いてる？　遊びに行こうよ』

『いいよ、暇だし』

デートの誘いは、一瞬で完了した。

こういう時は、親友としての気安い関係に感謝したい。まあ、その気安い関係こそが私にとって大きな障害でもあるんだけど。

そうして迎えた日曜日。

前日には美容院に行ってから夜遅くまで洋服を選び、朝起きてからも待ちきれなくて三十分前に待ち合わせの駅前に向かった私は、決戦の時を今か今かと待っていた。

「変じゃないかな……」

近くにあった店のガラス窓を鏡代わりに、今一度自分の格好を確認する。

陸にもらったかんざしを挿した髪と、黒いワンピース。その上から羽織ったピンクのカーディガンと、黒のパンプス。

「だ、大丈夫だよね……？」

引退したとはいえ、体育会系の名残がある普段の自分では絶対しない格好だ。

そもそもスカートとか制服以外でほぼ穿《は》かないし、初めて履いたパンプスに至っては、あまりにも低い機能性に、逆に感動したレベルだ。

けど、だからこそ、きっとギャップを与えられるはず……！

「ん……あれ？　もしかして碧か？」

少し戸惑ったような声に振り向くと、そこにいたのは待ち人である陸。

白いシャツの上にジャケットを羽織り、ジーンズを穿いた姿はいつも遊びに行く時と変わらない自然体である。

これはこれで好きなんだけど……あれ、なんか私の力の入れ具合、すごく浮いてない？

よく考えたら、陸にはデートって認識ないもんね。急に私がこれだけ力入れてきたら、何事だって思うんじゃない？

「り、陸。おはよう」

「ああ、おはよ。随分早く来てたんだな。それに、普段と全然イメージが違う」

陸が私の格好を観察し始める。

期待と不安が入り交じり……若干、不安が勝つ。

何こいつ急に全力のファッションしてきてんの？　みたいに引かれたらどうしよう。

「驚いたけど……うん、こういうのも似合うな、碧」

が、その杞憂《きゆう》を吹き飛ばすように、陸が朗らかな笑顔で褒めてくれた。

「そ、そうかな。ありがと……えへへ」

なんかもう、それだけで顔がにやけてしまう。あー、耳が熱い。絶対赤くなってるわ。

「それに、俺があげたかんざし、使ってくれてるんだな」

プレゼントが有効活用されているのを発見して、陸が嬉《うれ》しそうに笑う。

「う、うん。かんざし使うの初めてだったから少し手こずったけど、もう使い方覚えたから」

花言葉が友情なのはちょっと複雑だが、今はプレゼントというだけで満足だったりする。

「そっか、気に入ってくれたのならよかった」

優しく頷《うなず》く陸。

その表情を見られたのが嬉しくて、私は改めてこの親友にべた惚《ぼ》れしてるんだなあと自覚したのだった。

「じゃあ、そろそろ動こうか。碧はどこか行きたい場所とかある？」

陸に訊《たず》ねられた私は、少し考えてから閃《ひらめ》いた場所を答える。

「行きたい場所……そうだなあ、バッティングセンター？」

いつものノリで二人の定番の場所を出してみると、陸は苦笑した。

「その靴じゃ無理だろ」

「あ」

し、しまった！

私たち、基本的にアクティブな遊びばっかりしているから、こうして機動力が封じられた時の選択肢が極めて少ない。映画はこの間通いまくったし。

ウインドウショッピングとかも、この凄《すさ》まじく機能性が低い靴では耐えきれる気がしな

いし、いったいどうすれば……！

「他に思いつかないなら俺が決めるけど、どうする？」

私の狼狽《ろうばい》っぷりを見かねたのか、陸がそう提案してくれた。

「お願いします……」

早くも躓《つまず》いたことに少しへこみながらも素直に頼むと、陸は数秒だけ考えてから口を開いた。

「じゃあ、プラネタリウムにでも行くか。確か近くにあったはずだし」

「う、うん。そこにしよう」

「ん。了解」

頷くと、陸は歩き出す。

そのペースは普段より少し遅く、慣れない靴を履いている私に合わせてくれているようだった。

「プラネタリウムなんて行くの久しぶり」

小学校の課外学習で見た時のことを思い出しながら、彼の隣に並ぶ。

「そっか。実は俺も久しぶりだよ」

私の話に相槌《あいづち》を打つ陸。

そう。一般的な高校生が友達と遊びに行く時に、プラネタリウムに行こうって流れには、なかなかならない。特に同性と遊ぶ時には。

……なのに、どうして陸は道に迷うこともなくプラネタリウムへの道を進んでいるのだろう。

「むー……」

パンプス相手の配慮も完璧《かんぺき》だし、なんかエスコート力の高さの裏に、ちらちらと他の女の影が見えるのは考えすぎだろうか？

「陸は最後にプラネタリウムに行ったのはいつ？」

気になったら最後、つい探りを入れてしまう。我ながら面倒な女だ。

「いつだったかな……覚えてないけど、高校に入ってからはないかな」

私の目を見ず、どこか曖昧《あいまい》に答える陸。

……何かを誤魔化している匂いがした。

やっぱり中学の時に好きだった子だろうか？　けど、あれは片想いで終わったはず。

となると、その子とのデートのために温めていたプランを、今こうして使われている？

「そういえば、碧と二人でこういうとこ行くのは初めてだよな」

もっと追及したかったが、陸が話を変えてしまったため断念することに。

「うん。あんまり星を見上げる習慣とかないもんね」

せっかくのデートなのだ。変な疑念に苛《さいな》まれるより、素直に楽しみたい。

そう思い、私は気分を切り替える。

「そうだな。特に今の碧は随分と慣れない靴履いてるみたいだし、星空よりも足元を見て歩いたほうが安全だな」

からかうように私の足元を見てくる陸。

いつも通りの軽口に、私も同じ調子で返す。

「私よりも陸こそ足元を見て歩いたほうがいいね。私がうっかり足を滑らせたら、すぐ隣にいる陸の足を粉砕することになるから」

「こええよパンプス。ほぼ凶器の扱いじゃねえか」

「ヒールの高い靴を履いた女が側にいたら、そこはいつだって戦場だからね！　気を抜いちゃ駄目だよ！」

「どんなデートだ！」

と、何気なく陸がツッコんだところで、二人の間の空気がピタリと止まった。

デート……今デートって言ったよね？

「りくー？　今なんて言ったのー？」

思わずにやけながら陸の顔を覗《のぞ》き込むと、彼は耳まで赤くしながら顔を背けた。

「いや、お前がそんな格好してくるから、つい……」

さーやちゃん、本当にありがとう。君のアドバイスは最高に効果覿面《てきめん》でした。

「んふふふ……そっかあ、それでデートだと思ったんだ。じゃあ手でも繋《つな》いであげよっか？」

さっきからかわれた仕返しに手を差し出すと、陸はちょっと悔しそうに呻《うめ》いた。

「け、結構だ！　ちょっとした言葉の綾《あや》だから気にするな！」

「照れなくていいのにー」

彼の横顔を覗き込みながら機嫌良く話す――その油断がいけなかったのだろう。

不意に、足を踏み間違えるような感覚に襲われ、ぐらりと視界が揺らぐ。

あ、やばい。慣れないパンプスでバランスを崩した！

「碧！」

転びそうになる寸前、私の身体と地面の間に、陸の腕が割って入る。

間一髪、私の身体は抱き留められるように停止した。

「び、びっくりしたあ……ありがと」

色んな意味でドキドキしながら、体勢を立て直す。

すると、陸も安心したように深々と溜め息《たいき》を吐いてから、またからかうような笑みを浮かべた。

「ドジめ。手でも繋いでやろうか？」

立場逆転とばかりに、今度は向こうが手を差し出してきた。

……不覚にも、またちょっとドキッとしてしまう。

「そうだね、お願いしよっかな」

そのまま引っ込むのが悔しくて、私は差し出された手を握り返した。

「お、おう」

予想外だったのか、陸は少し驚いたような顔をしたものの、手を離すことはなかった。

微妙な沈黙。

嬉しいような、でも気恥ずかしいような複雑な雰囲気に包まれた私たちは、その空気を守るように黙り込んだまま歩いていく。

「……ここだ」

やがて、目的地のプラネタリウムに辿《たど》り着《つ》くと、受付に向かった。

「高校生二人で」

「ありがとうございます。お一人様八百円です」

料金を払う段階になって、私たちは財布を取り出すために手を離した。スムーズに支払いを終えたものの、一度離した手をもう一度繋ぐうまい口実も見つからず、微妙な残念さを覚えながらも大人しく席に向かう。

が、席に着くと、いよいよというわくわく感が残念さをかき消してくれた。

「うわぁ……やっぱり映画とは全然違うね！　まず何より映画泥棒のCMがない」

「最初に感動するところがそこかよ」

そんな話をしていると、投影時間が来たのか、不意に館内が暗くなる。

『夜空を彩る美しい星々。今日は、その一部を皆様にご覧戴《いただ》きたいと思います。本日ご紹介するのは、春の星空――』

落ち着いた女性のナレーションとともに、星の解説が始まった。

北斗七星の位置から、春の大曲線、おおぐま座やオリオン座の位置。

「……やばい」

解説がオリオンのエピソードまで辿り着いたところで、私は思わずぽつりと呟《つぶや》いた。

まずい、緊急事態が起きつつある。これは想定していなかった。

――めっちゃ眠い！

薄暗い空間、座り心地のいい椅子、ゆったりとしたナレーション。

そして何より、今日のデートに備えて昨日の夜遅くまで服を選んだりなんかした弊害が、一気に出てきた。

やばい、もう寝そう。

「ふわぁ……」

出かけた欠伸《あくび》を必死に噛《か》み殺《ころ》す。

寝るな私！　プラネタリウムで寝る女って絶対印象よくないじゃん！　絶対インテリなものに理解のない、がさつな奴みたいなレッテル貼られるもの！

耐えろ！　頑張れ！

『そうしてオリオンは女神であるアルテミスと恋に落ち――』

ああ……駄目だ。

ギリシャ神話には、古典の授業並みに眠気を増幅させる効果があるらしい。

眠気には勝てなかったよ……。

ふと、身体に覚えた違和感で意識が覚醒《かくせい》した。

「んん……」

ぼんやりとしたまま目を開けると、すっかり明るくなった館内と、場外に捌《は》けていく他の客の姿が目に入る。

「ふわぁ……そうだ、私」

途中で寝ちゃったんだ……！

恐る恐る隣の様子を窺《うかが》おうとした瞬間、今の自分の状況に気付く。

「…………………っ⁉」

隣に座った陸の肩に、自分の頭を預けてる……⁉

何この甘々な感じ！　隣に座る人の肩に頭を預けるなんて、すごくいちゃついているカップルか、電車内で疲れ果てたサラリーマンくらいしかしないよ！

いったい、陸はどういう顔をしているのだろう？

迷惑がってる？　それとも満更じゃない感じ？

頭を彼の肩に預けたまま、恐る恐る隣の気配を探る。

「くぅー……」

すると、陸の寝息が聞こえてきた。

どうやら、陸も私に頭を預けて寝ているらしい。

お互いにプラネタリウムの持つゆったり感に耐えられず、意識を奪われたようだ。

「ん……んん?」

と、そこで私の身じろぎが伝わったのか、陸がゆっくりと目を覚ました。

寝起き&パニックで思考停止していた私は、その肩に寄りかかったまま彼の起床を見守ってしまう。

「あれ、俺寝ちゃってたのか……って、ん⁉」

そこで陸も今の状態に気付いたらしく、思いっきり硬直した。

「え、えっと……」

事ここに至り、ようやく私も意識がはっきりしてくる。

これって陸からしたら、自分が寝てるのをいいことに、一人起きてた私が勝手に密着してたふうに見えない?

それはなんか結構恥ずかしい！　起きてるのにどかなかった時点で半分事実だけども！

「お、お互い寝ちゃってたみたいだね！　あはは！」

寝起きの頭脳をフル回転させた結果、私はその恥ずかしさよりも、プラネタリウムで寝た女の称号を受け入れることにした。

「そ、そうだな！　いや俺ちょっと昨日夜更かししてたから。あはは！」

二人揃《そろ》って乾いた笑いを響かせ続ける。

そんな私たちを、他の客たちが気味悪そうに眺めていた。


その後、ファミレスで昼食を摂り、喉《のど》が痛くなるまでカラオケで時間を潰《つぶ》した。

色々とトラブルはあったものの、総合的に見てかなり楽しい一日だったと言える。

「いやー歌ったね！　すっきりしたー！」

思いっきり歌って気分がよくなった私は、カラオケ店から出るなり、ぐっと伸びをした。

「明日《あした》は絶対声嗄れてるだろうな。もう夜じゃねえか」

割と長時間熱中していたらしく、既に夕日は沈みきって、夜の帳が下りていた。

名残惜しいが、諸事情でそろそろ帰らなくてはならない。

「そろそろ帰るか。送っていくよ」

陸は私の気持ちが分かったのか、そう促してくれた。

「うん。ありがと」

若干の寂しさを感じながら頷《うなず》くと、揃って歩き出す。

　私が朝よりもゆっくり歩くと、陸もそれに合わせてくれた。

「今日は楽しかったね、たまにはこういう遊びもいいかも。陸も『デート』、楽しかった？」

　陸の失言を引っ張って訊《たず》ねると、彼は顔をしかめた。

「まだ言うか……まあ楽しかったけど」

「ならよかった」

　楽しかったと言われてほっとする私に、陸が何かを思い出したかのように首を傾げる。

「そういえば聞きそびれてたけど……碧、どうして今日はそんな気合入った格好なんだ？」

「そ、それはほら、ちょっとした心境の変化がありまして？」

　思わぬところをツッコまれて、私はしどろもどろになってしまう。

「なんだよ、心境の変化って」

「ひ、秘密！」

　陸に可愛いと思ってもらいたくて頑張りましたとか、言えるわけがない。

「そっか。まあいいけど」

　すると、陸も特にそれ以上は気にならなかったのか、すぐに追及をやめてくれた。

「じゃあ、もう一つだけ聞いていいか？」

「なに？」

まずい質問から話が流れたことに、ほっとしながら対応する。

「碧。お前、足を怪我してないか？」

「――――」

不意打ち。

うっかり私が硬直していると、そのリアクションで確信を得たのか、陸は渋面を作ると、溜《た》め息《いき》を吐いた。

「やっぱりな。朝、転びかけた時か？」

何もかも見抜いている。もうこうなったら誤魔化しは利かない。

観念した私は、項垂れるように頷いた。

「……最初は痛くなかったんだけど、プラネタリウムが終わったあたりから」

正直な話、うっかり眠ってしまった後、足首の痛みで目が覚めた。

今も痛みで歩みが重いし、これ以上は誤魔化せないと思ったので帰ろうとしたのだが……

…一歩遅かったようだ。

「碧、休憩するぞ」

そう言うなり彼は私に近づいて、そのままお姫様抱っこをしてきた。

「り、陸⁉」

彼の胸の中にすっぽり抱えられて、私は思考がフリーズする。

「クレームは聞かんぞ。そこのベンチまでだ」

私を抱えたまま、有無を言わさず歩き出す陸。

そうして、近くにあった公園のベンチに私を座らせると、ベンチ横にあった水道でタオルを濡《ぬ》らし、痛む足首に当ててくれた。

「ありがと。いやあ、結構いけると思ったんだけど、慣れないことなんかするもんじゃないね。やっぱり私はスニーカー信者に戻ります。あはは」

空元気で作り笑いを浮かべながらも、内心では泣きそうだった。

せっかく上手くいきそうだったのに、最後の最後でデートに水を差してしまった。

「たまには新鮮でよかったけどな。ただ、この足首の怪我のせいで、バッセンでの俺との対戦成績に大きな差が出るかもしれんぞ？」

私の空元気に騙《だま》されてくれたのか、陸も明るい調子で会話を続けた。

「なんですと。仕方ない、いざとなったらステロイドをキメるしかないかも」

「バッティングセンターでドーピングする奴なんて世界でお前くらいだよ」

陸はタオルを患部に固定すると、私の隣に座った。

「お、碧。見てみろよ」

ベンチに座った陸が、不意に頭上を指差した。

その先にあるのは、満天の星。

「あれがおおぐま座で、あっちは北斗七星かな？」

「多分、そうだと思うけど」

さっき寝る間際に覚えた知識を必死に参照しながら、彼の言葉に頷く。

「じゃあ、あの赤い星がアルクトゥールスで、下の星がスピカか？　で、それを結んだのが春の大曲線……っと。プラネタリウムだと実際に線で囲んでくれるから分かりやすかったけど、実際の星空だと難しいな」

「だね。星座も正直、全然そう見えない形の多いし」

きっと、陸は空気を明るくしようとして雑談を振ってくれているのだろう。

その心遣いに感謝しながら、私もなるべく朗らかな笑顔を作った。

「俺もそう思う。オリオン座とか、あれどう見ても人間には見えんぞ」

陸の指が西の空にある星座を指差す。

その、どう見ても人間には見えない星の群れが、古代人にはオリオンに見えたらしい。

きっと、私たちには分からないロマンがそこにはあったのだろう。

「となると……うん、やっぱりさそり座は見えないか。オリオンはいまだに逃げてるんだな」

「なにそれ？」

小首を傾げる私に、陸が少し得意げに話してくる。

「さそり座のさそりは、昔オリオンを刺し殺したんだってさ。オリオンはそれがトラウマで、お互いに星座になった後もさそりから逃げ回ってるんだと。だからオリオン座とさそり座は一緒には見られないんだ」

「へえ……」

「まあ、さっきのプラネタリウムの受け売りなんだけどな」

苦笑しながら、種明かしをする陸。

さっきは眠くなった話なのに、彼が話してくれると全く違うものに聞こえるから不思議だ。

「プラネタリウムで見るのも綺麗《きれい》だったけど、実際に本物の星空を眺めながら知識を確認するのも、割と楽しいもんだな」

「うん」

「だろ？　だから──別に気にしなくていいぞ。楽しかったのに水を差したとか、変な空気になっちゃったとか、そういうの」

「陸……」

目を見開く私に、彼は一際優しい笑みを浮かべる。

「二人でこうやって話してるだけで、俺は十分に楽しい。だから変に気を遣うなよ。親友だろ？」

……なんだか、ちょっと涙が出そうになる。

陸はこういう時、何も言わなくても気付いてくれるのだ。

辛いこととか苦しいこととか、全部分かった上で寄り添ってくれる。

中学時代、私が一番辛い時もそうだった。そういうところを、私は好きになったのだ。

「……うん、ありがと」

二人の間には、それだけで十分だった。

私は一つ深呼吸をしてから、今度は作ったのではない、本当の笑顔を彼に向けた。

「なんだか足の痛みもだいぶ引いてきた気がするよ！　そろそろ行こっか！」

急に元気になった私に、陸は訝《いぶか》るような目を向ける。

「本当か？　また無理してんじゃないだろうな？」

「大丈夫大丈夫。また痛くなったら陸にお姫様抱っこしてもらうし！」

「おい、もしも駅前でそうなったら羞恥《しゅうち》プレイにも程があるぞ。やっぱりもう少し休んでいけ」

「大丈夫だって。ほら、行こう！」

私が手を引くと、陸もまだ心配そうな顔をしながらも歩き出した。

「分かったよ。けど、痛くなったらすぐ言えよ？　その時はまた抱えるから」

「了解！　じゃあもう痛いです！」

「早っ⁉　何一つ治ってなかったじゃん！　なんで急に無理したの⁉」

「もう歩けないので、お姫様抱っこお願いします」

バッと手を広げてみせるが、陸はものすごい呆《あき》れ顔《がお》だった。

「いやいや、五メートル先にベンチあるんだけど。俺が抱える意味ある？」

「ないね！　けどほら、さっき無理した分、甘えておかないとトントンにならないから」

「何の帳尻《ちょうじり》合《あ》わせしてんのさ⁉」

溜め息交じりに言いながらも、陸は仕方ないと言わんばかりに私をお姫様抱っこしてくれた。

「……人が多くなったら下ろすからな？」

「ふふっ、了解」

バッティングセンター通いをしているためか、部活に入ってない割に逞《たくま》しい陸の腕。

それにちょっとドキドキしているのを誤魔化すため、彼から顔を背けると、また西の空に浮かぶオリオン座が目に入った。

「……そういえば」

ふと、一つの疑問に思い至り、私はやっぱり陸のほうを振り向いた。

「ねえ陸。どうしてプラネタリウムの時に寝てたのに、オリオンの神話を最後まで知ってたの？」

私も最後まで聞いていたわけじゃないが、オリオンがさそりに殺されて星座になったというのは、どう考えても物語としてオチに当たる部分だ。

私同様、途中で寝た彼が、どうしてそれを知っていたのか。

「そ、それは……」

陸は痛いところを突かれたように、口ごもって目を泳がせる。

が、お姫様抱っこという至近距離でいつまでも視線を逃がせるわけもなく、すぐに観念したように溜め息を吐いた。

「……今日、本当は俺から誘おうと思ってたんだ、プラネタリウムに。だからその、下見的なことをしててね？」

「え……」

意外な事実に、思わず陸の顔をマジマジと見つめてしまった。

それが居心地悪いのか、彼の腕が緊張したように軽く強張る。

「そっかぁ、そんなに気合入れてたんだ？　私と遊ぶのに」

やばい、なんかにやにやが止まらない。

「き、気合入れてるのはそっちだろ。足痛めるほど慣れない靴まで履いて」

「うぐ……」

色んな意味で痛いところを突かれ、呻《うめ》いてしまう私。

けど、すぐに嬉《うれ》しさのほうが勝ってしまい、また頰が緩む。

私だけが張り切っているのだと思っていたけど、陸も楽しみにしてくれていた。

「いや、さすが親友。通じ合ってるね」

「……そーだな。ちょっと恥ずかしいが」

浮かれた私の言葉に、陸も照れくさそうに頷《うなず》く。

通じ合っているという感覚が嬉しかった。

無意識かもしれないが、陸はいつでもそうだ。

辛い時も苦しい時も気付いてくれて、嬉しい気持ちも分け合える。

――一番気付いてほしい気持ちには、まるで気付いてくれないけどね。

「……なんて、ちょっと求めすぎかな」

「なんか言ったか？」

ぽつりと零した私の呟《つぶや》きに、陸が反応する。

「うん、言った。けど内緒だよ」

そう、この気持ちは内緒。

――今はまだ、ね。

二回表 ▼▼▼ 好きな人の好きな人。

正直な話、俺はつい最近まで碧に惚《ほ》れると思ったことはなかった。

男友達のような付き合い……というと言い過ぎだが、俺にとって碧は趣味が合って、気も合って、お互いのことを誰よりも理解している親友というだけだった。

だから碧が部活を辞めた後、短かった髪を長く伸ばし、日焼けしていた肌も白く戻って絵に描いたような美少女に少しずつ変わっていっても、特に何も思うことはなかった。

きっと毎日一緒にいすぎたせいで、小さな変化に鈍感になっていたのだろう。

そんな関係に変化が起きたのは、中学を卒業した後。

三週間ほどあった春休みを、俺は全て父の実家で過ごすことになった。

部活を引退して以来、碧とそれほど長く離れるのは初めてのことである。

今思えば、それが引き金になった。

三週間、親父の実家で羽を伸ばした後、自宅に戻った俺を待っていたのは――初めて見る高校の制服を着た美少女だった。

いや、制服というのは本当にすごい。

入学式の朝、自宅まで俺を迎えにきた碧。

それを見た時、うっかり思ってしまったのだ。

――あれ、こいつこんなに可愛かったっけ？

『男子三日会わざれば刮目《かつもく》して見よ』なんて言葉もあるが、女子もまたしかり。

三週間のブランクと見知らぬ制服という組み合わせに、俺は一撃でやられてしまった。

いやもう、本当におかしな表現ではあるが。

俺は、五年来の親友に一目惚《ひとめぼ》れしてしまったのだ――。


ちょっと予想外の展開にはなったが、碧とのプラネタリウムデートは大成功だった。

なんとなく二人の距離も縮まった気がするし、正直家に帰ってからも結構浮かれていた。

……が、冷静になって考えてみると、一つだけ気になる点があったりもする。

「碧に好きな奴が出来たかもしれない」

月曜日の昼休み。

碧が教室を出たのを確認してから、俺は机に突っ伏して銀司に不安を打ち明けた。

「……また急な話だな。昨日デートしてたんだろ？」

対面に座った銀司は、メロンパンをかじりながら面倒そうに応じてきた。

お前またこの進展しない恋愛話持ってくるの？　みたいな顔である。

まあ、それでもきちんと付き合ってくれるのがこいつのいいところなんだが。

「ああ、めっちゃ楽しかった」

強いて言うなら、プラネタリウムで寝たのは失策だったけど。

ただ俺は下見に行った時に全く同じ話を聞いていたのである。話に新鮮味がなくてうた
た寝してしまったのは許してほしい。

「ならいいじゃん。なんで急にそんな不安に襲われてんの？」

「昨日の碧さ、いつもとファッションが全然違ってたんだよ。あいつがヒールの高い靴を
履くのなんて初めて見たわ。髪型も明らかに普段と違ってたし」

言葉から俺の意図が分からなかったのか、銀司が首を傾げる。

「へえ、気合入ってんじゃん」

「そう！　やたら気合入ってたんだよ！　古《いにしえ》より女の子のファッションや髪型が急に変
わるのなんて、好きな男が出来た時に決まってる！」

ビシッと銀司を指差してみるが、彼の面倒そうな表情は変わらない。

「そうとも限らんと思うが……仮にそうだとしても、相手はお前じゃねえの？」

「いやいやいや！　この五年間、俺と一緒にいてもまるで変わらなかったんだぞ⁉　なのに、いきなり俺がきっかけで変わったりすると思うか？」

強いて言うなら、あいつが髪型変えたのなんてソフトボールを辞めた時くらいだわ。

「まあ、急ではあったかもしれないけど」

「だろ？　だから、もしかしたら他に好きな男が出来て、昨日のは予行演習だったのかもしれない！」

本命の男とデートする時に恥をかかないように、手頃な男で経験を積んだとか！

「落ち着けって。碧ちゃんはそんな失礼なことをする子じゃないだろ？　なにより、他に好きな男が出来たらお前に相談すると思うぜ」

「むぅ……確かに」

確かに俺も昔、他に好きな子が出来た時は碧に報告したし、向こうに好きな男が出来たら、真っ先に俺に相談してくるだろう……そんな場面に出くわしたら絶対吐血するけど。

「確かに……いやでも……うーん」

うだうだ悩んでいると、メロンパンを食べ終えた銀司が、深々と溜《た》め息《いき》を吐いた。

「じゃあ、沙也香にでも聞いたらどうだ？」

「二条に？」

訊《たず》ね返す俺に、銀司は頷いた。

「ああ。あいつ、碧ちゃんと仲いいし、そういう話があるなら聞いててもおかしくないだろ」

「確かに。よし、放課後になったら二条に聞いてみるぞ……！」

ぐっと拳《こぶし》を握って決意を固める俺。

「……まあ本人に聞くのが一番だと思うが、それはできないだろうからな。このへたれは」

呆れたように呟かれた銀司の言葉は、聞かなかったことにした。


「二条、ちょっといいか？」

放課後。

ホームルームが終わるなりさっさと教室を出ようとした二条を、すんでの所で捕まえる。

「巳城？　私に用なんて珍しいな」

俺に声を掛けられるのが意外だったのか、二条はきょとんとしていた。

「ああ。少し話があってさ」

なるべく真剣な表情を作って頼む。

「なに、碧の話？」

まあ、俺と二条の共通点と言えば碧になるから、そう思うのも当然だろう。

ただ、俺はあえて頷かない。人が多いところでしたい話じゃないからな。

「それはここでは言えない。ちょっと人気《ひとけ》のないところで話したいんだ」

「んー……」

悩むように唸《うな》りながら、二条はちらりと教室の中を一瞥《いちべつ》する。

視線を追うと、俺と二条の様子には気付いていなそうな碧の姿があった。

「……ま、大事な話なら無下にはできないか。いいぞ、部活があるから少しだけになるが」

「助かる」

俺と二条は連れだって教室を出る。

昇降口に向かう生徒たちの流れから外れ、人気のない空き教室に入った。

「ここなら誰も来ないでしょ。で、話ってなに？」

夕日に照らされ、茜色《あかねいろ》に染まる空き教室。

小首を傾げて訊ねてくる二条を前に、俺は一つ大きく深呼吸をしてから口を開いた。

「その……今、好きな人がいるかどうか聞きたくてさ」

照れ臭くて赤くなりながら、俺は訊ねる。

碧の好きな人。そんなものがもしいるのなら、必ず二条が聞いているはずだ。

「え……な、なんのつもりだ、急に」

俺の問いが予想外だったのか、目を白黒させる二条。

そんな彼女に、俺は言葉を重ねる。

「いや、突然のことで驚いたかもしれないけど……どうしても気になってさ」

「そ、そう言われても……なんで私に」

動揺した様子で後ずさる二条。

そこに、俺は一歩踏み込んで詰め寄る。

「二条じゃないと駄目なんだ。お前の口から聞きたい」

だって碧と一番仲がいい女子って二条だし。こいつが知らなければ誰も知らないだろう。

「ま、参ったな……まさかこんなことになるとは……」

二条が動揺したように何か呟《つぶや》く。

構わず、俺は更に押し込んだ。

「頼む！　お前しかいないんだ！　教えてくれ、碧に好きな人がいるかどうか！」

「碧のかい！」

丸めた教科書でスパーンと頭を叩《たた》かれた。

「何故主語を略す！　出来の悪いミステリ小説みたいなミスリード使いやがって！　人と会話するの初めてかお前は！」

二条に鬼の剣幕で詰め寄られ、俺はたじろいだ。

「す、すまん。ちょっと必死になりすぎてて……」

「まったく……傍迷惑な奴め」

俺が謝ると、二条もそれで落ち着いたようで、深々と溜め息を吐いた。

「それで、碧の好きな人がなんだって？」

話を促してくる二条に、俺は再びそわそわした気分になりながら口を開く。

「いや……ほら、碧って好きな人いるのかなって」

俺の問いかけに、二条はじっと何か考え込むような顔をした。

「……そんなの、私よりお前のほうが知ってるんじゃないのか？　そういう人ができれば真っ先に巳城に言うだろう」

内心の読めないポーカーフェイスで、俺の問いを曖昧《あいまい》に受け流す二条。

「そう思うんだけど……ほら、異性には言いづらいってこともあるだろ？」

というか、もし直接言われたら俺はその場で吐くかもしれん。

「なるほどな。けど、仮にそれを知っていたとして、碧が言いづらいと思ってることを、私が勝手にバラすわけにもいかんだろう」

「う……確かに」

正論を返されて、俺は何も言えなくなる。

同時に、ちょっと反省した。

「……ま、そうだな。確かに直接聞くのが筋だ。すまん、二条。このことは忘れてくれ」

不安のせいで我を忘れていたらしい。真実がどうあれ、友人が勝手に自分の秘密をバラしたら碧もいい気はしないだろう。

「ん。そうしとく」

俺の言葉に、快く頷《うなず》いてくれる二条。

「それと――」

「碧には内緒だろ？　分かってるさ」

さすが二条、空気の読める女だ。

「話はそれだけか？　じゃあそろそろ私は部活に行くが」

「ああ。時間を取らせて悪かった」

そうして、俺たちの密談が終わった時だった。

「あ、陸。こんなところにいたんだ」

空き教室の入り口から、碧がひょっこりと顔を出した。

「お、おう。どうしたんだ？　碧」

噂をすれば影が差すというやつか、さっきまで話題の中心にいた人物が現れ、俺は軽く動揺する。

「今日暇だったらカフェに……って、さーやちゃん？」

と、そこで碧の視線が俺の陰に隠れていた小柄な友人を捉《とら》えた。

「き、奇遇だな」

二条もぎこちない動作で手を上げる。

……なんか妙に気まずい。

本人のいないところで話題に上げていた後ろめたさが、俺たちの所作をぎこちないものにしていた。

「……二人揃《そろ》って何やってるの？　こんなところで」

と、そんな俺たちのことをどう勘違いしたのか、碧がじとっとした目で訊ねてきた。

「そ、それは……」

思わず、俺は言葉に詰まった。

お前に好きな人がいるか聞いてました、なんて言えるわけもない。

視線で二条に助けを求めるも、彼女も気まずそうに俺から目を逸らした。

「ええと、ちょっと世間話をな。それより、私は部活があるからもう行くよ。じゃ、二人とも、また明日《あした》な」

「お、おい！」

俺は咄嗟《とっさ》に引き留めようとするが、それより早く二条は空き教室を抜け、廊下の向こうへ消えてしまう。

に、逃げやがった……！

残されたのは、俺と碧と重い空気だけ。

「……陸？　なんでこんな人気のないところにさーやちゃんを連れ込んでたのかな？」

何故か俺が連れ込んだことが前提になっていた。いや、実際呼び出したのは俺だけど。

「いや、なんというか人間関係の悩み的なことをね？」

嘘を吐かないまま、曖昧に誤魔化してみたりする。

「ふーん……人間関係の悩みを、私じゃなくさーやちゃんに相談するんだ。そんなに頼りないですかね、私」

しまった、藪蛇っぽい！

碧は頬を膨らませて、さらに不機嫌オーラを出し始めてしまった。

「いやあ……ははは。たまにはそういうこともあるよ」

碧から顔を逸らす俺だったが、彼女はわざわざ俺の顔の前に回り込んできた。

くそ、どうやって誤魔化すか……ていうか近くで見るとやっぱ可愛いな。怒ってても可愛いあたりマジで美少女。

「りーくー？」

どんどん脱線していくこっちの思考とは裏腹に、碧は直球で俺を追い詰めてくる。

「ほ、本当になんでもないって」

下手な嘘は逆効果と見た俺は、黙秘権を行使することにした。

「むー……逃げた。まあいいけどね、私には話せないことだってあるだろうし」

口ではそう言いつつ、碧は抗議するように俺の脇腹をつついてきた。

まずい、これはアレだ。碧が拗《す》ねた時に入るモード。

「お、おう。まあそういうこともたまにはね？」

「うん。分かった」

と言いつつ、碧は抗議するように俺の服の裾《すそ》を引っぱってきていた。

「あの、碧さん?」

「なに?」

恐る恐る名前を呼んだ俺に、碧は普段通りの表情で答える。

その間も俺の指をつまんでみたり、ぎゅっと握ってみたりとやりたい放題だった。

——そう、これこそが恐るべき碧の癖。

碧は拗ねると、やたらスキンシップが多くなるタイプなのである……!

「えと、少し離れていただけないでしょうか」

「やだ」

抵抗するように、俺の肩に額をこつんと当ててぐりぐりと動く碧。

やばい、昔から拗ねると態度でアピールする奴だったし、こういうのは慣れているつもりだったが、今は俺の気持ちが昔と違う。

そのため、慣れたはずの碧の仕草が、致命傷になりかねない。

「分かった、ギブ! 言います! 言いますから離れてください!」

二人きりでこんなくっつかれたら理性が保たないと判断した俺は、早々に白旗を揚げた。

「しょうがないなあ」

俺の降参でちょっと機嫌がよくなったのか、碧は破壊力抜群なスキンシップをやめて離

れてくれた。

「で、さーやちゃんと何を話してたの？」

「その、碧のことを……」

親友歴が長いだけあって、下手な嘘は通用しない。俺は諦《あきら》めて事実を話す。

「私のこと？」

意外な情報だったのか、碧はきょとんと目を見開いた。

「ああ。ほら、この間遊びに行った時、碧が結構雰囲気変えてただろ？　それで、もしかしたら誰か好きな人でもできたんじゃないかなあって話を、二条と」

「そ、そうなんだ」

碧は少し赤くなりながらも、納得したように頷いた。

うう……こんなみみっちい心配を本人に話すなんて、気まずい上に恥ずかしい。

「へー、ふーん……陸、私に好きな人ができたんじゃないかって心配だったんだ？」

恥ずかしがる俺とは対照的に、碧は何故か少し機嫌がいい。俺を降参させたのが嬉《うれ》しかったのだろうか。

「そ、そりゃあな。相手がよくない奴だったりしたら大変だし、心配くらいする」

「そっか。まあ、そうだよね。ふふっ、心配してくれてありがとう、陸」

そう楽しげに言われてしまえば、俺の恥ずかしさも更に上がってしまう。

「でもさ、陸。もし私に他に好きな人がいたとして、その状態で陸と二人で遊びに行くと思う？」

「……そりゃ、思わないけど」

銀司に窘められた時と同じことを言われ、俺も少し冷静になる。

「だよね。もし好きな人ができたとしたら……私、その人としかあんなデートみたいなことしたりしないし」

そう、恥ずかしそうに呟《つぶや》く碧。

俯《うつむ》き、赤くなったまままちらりとこちらを窺《うかが》う視線に、思わず俺はドキリとする。

「碧……それって」

その言葉の意味を察し、俺も目を見開いた。

「う、うん」

碧は、俺の想像を認めるようにおずおずと頷いた。

それで、俺も確信を得る。

「つまり……碧には好きな人がいないってことだな⁉」

俺はここ数日続いた疑問と緊張から解き放たれ、清々しい気持ちで結論を出した。

「そう……なるかぁ……！」

俺が出した結論に、碧は何故か頭を抱えてしまった。

が、自分にまだチャンスがあると分かって浮かれ気味な俺は、その意味を深く考えず、気さくに話しかける。

「どうした？　碧。なんか暗いけど」

「いやあ……ちょっと人間関係の悩みがね？」

どっと疲れた様子で溜《た》め息《いき》を吐く碧。

「む、そうか。なら俺が相談に乗るぞ」

そう申し出る俺だったが、碧は不思議と白い目でこっちを見てから、ふいっとそっぽを向いてしまった。

「結構です。さーやちゃんに相談するんで」

「何故!?　さっき俺が同じことを言ったらめっちゃふて腐れてたのに！　そんなに頼りないですかね、俺！」

「その通りだよ！　陸のばかっ」

「なんでさ！」

――その後、碧の謎の不機嫌は、しばらく続いたのだった。

二回裏 ▼▼▼ 恋のささやき戦術。

「——というわけで、陸には気付いてもらえませんでした」

昼休みの教室。

私は昼食を摂りながら、昨日の空き教室での顚末《てんまつ》をさーやちゃんに話した。

「いやあ……碧の前でこう言うのもなんだが、アホだろ巳城」

自分が逃亡した後の一部始終を聞いたさーやちゃんは、陸の鈍感さに呆《あき》れたような感想を漏らした。

普段だったら陸のフォローに回るところだが、話をしているうちに私もやりきれない気持ちがぶり返してきてしまったので、さーやちゃんの評価を甘んじて受け入れる。

「普通、そのくらい言われたら気付きそうなものだがねえ……なんか、巳城って色恋が絡むと極端に鈍感にならないか？　普段、そこまで察しの悪い男ではないだろ、あれ」

そう、普段の陸は割と気が回るほうだ。

デートの時、私が足を怪我したことを隠していても見抜いたし、普段だってそれとなく助けてくれている。

なのに、私のアプローチにだけ完全スルーを決め込むのには、理由があるのだ。

「……異性と親友になるっていうのは、それだけ大変なんだよ。相手のことを変に意識しちゃうと上手くいかなくなるの、分かってるからね。だからお互い、ずっと相手のことを変なふうに意識しないよう決めてたから」

そして、それが五年間もの長きに亘《わた》って積み重なった結果がこれだ。

想像もしたくないが、私が今までにやったアプローチを他の子がやった場合、陸は即座に相手の好意に気付くだろう。

彼がこうなるのは、私が相手の時だけだ。

「なるほど。うーん……それ、どうやって距離を縮めるんだ？」

さーやちゃんは私の話に納得した表情を浮かべた後、腕組みして小首を傾げた。

「……さあ？　ここ一年、私もどうしたらいいのか考えてるけど分かんない」

どんな名探偵でも解決できない、令和の未解決事件である。

「改めて、厄介な相手を好きになったもんだな、碧」

「まあね」

溜め息交じりに呟くさーやちゃんに、私も苦笑を返した。

相手を意識しないように努力して、気を付けて、ようやくそれがお互いに身に付いたと思ったら、その全てがハンデになったのである。

そこに後悔はないが、前途の多難さに気が遠くなることはある。

「正直、私としては手詰まりだから、こうしてさーやちゃんに色々と相談してるわけですよ。何かいいアイディアないですかね」

万策尽きた私は、藁《わら》にも縋《すが》る思いで友人に問いかける。

「そうだなあ……！ベタだけど、スキンシップとかは？　女子にくっつかれて意識しない男はそういないだろ」

その答えに、私は思わず乾いた笑いを零した。

「ふ……この間の空き教室では、めちゃくちゃスキンシップした上で鈍感決められたんですよ、私」

「マジか」

「マジです」

こうして冷静に振り返ると、単に鈍感なんじゃなく、陸のほうに死ぬほど脈がないからスルーされてるだけなんじゃないかという気すらしてくる。割と本気で。

三人寄れば文殊の知恵と言うが、今は私とさーやちゃんの二人しかいない。

そのせいか良案は浮かばず、重い沈黙だけが流れる。

「…………いっそ、もうキスするか」

その沈黙を破ったのは、あまりにも刺激的なさーやちゃんの一言だった。

「キ、キスって、そんな」

唐突な刺激に、私は顔を赤らめて戸惑う。

が、さーやちゃんは至って真面目らしく、真っ直ぐに私を見つめてきた。

「だって、そこまでしても駄目なら、もう直球勝負しかないだろ。腹を括れ」

「うぅ……」

そういえば、さーやちゃんはソフトボールでも強気な配球をする捕手だった。

ここ一番は直球で戦えと言われるのは、ある意味当然の流れだったかもしれない。

「け、けど、いきなりキスっていうのは……」

「一生友達止まりでいいのか？」

「うぐ」

致命的な一言をぶつけられ、私は反射的に呻《うめ》いた。

「このままじゃ本当にそうなるぞ。状況を動かしたいなら、告白かキスくらいはいけ」

確かに、それくらいしないと駄目かも……。

心の天秤《てんびん》が承諾と拒否の間でぐらぐらと揺れる。

と、そこで承諾の秤《はかり》に重りを載せるように、さーやちゃんが優しく呟いた。

「大丈夫だって。絶対巳城も脈あるから。私を信じろ」

捕手にそこまで言われて勝負にいけなかったら、投手としての名が廃る。

「わ、分かった……！　私、やってみる！」

不安と緊張の中、私は二人の関係を動かす決意をした。


放課後。

重大な決意を秘めながらも、いつも通り陸と一緒に帰ることになった私だったが、いったいどうすればキスまで持ち込めるのか、さっぱり分からない。

これはもう親友だからとか意識してもらえないからとか以前に、単に恋愛経験皆無なため、この手の引き出しがないせいだ。

なので、必死に頭を捻《ひね》っているのだが、良案と言えるものは一向に出てこない。

「もうすっかり暖かくなってきたし、春も終わりって感じだな」

私が静かなる野望に燃えている中、そんなことは何も知らない陸がほのぼのとした話題を振ってきた。

「そうだね。前はここも桜で一杯だったのに」

見上げれば、通学路の桜並木は既に葉桜となり、初夏の風情を醸し出していた。

「桜並木って花が咲いてる時は綺麗《きれい》でいいけど、葉桜になると毛虫だらけになるのが難点だよなあ」

「分かる。桜並木最大の欠点だよね」

陸の言葉に、私は深々と頷《うなず》いた。

流れ星もかくやという勢いで通行人の肩や頭に落下してくる毛虫たちは、この時期特有の脅威である。

「そう考えると、微妙に憂鬱《ゆううつ》な季節だな」

小さく溜め息を吐く陸。

これからキスを企んでいる身としては、彼のテンションが下がるのはまずい。

なんとか前向きなことを言わなければ。

「まあでも、さくらんぼの季節でもあるし？　この時期のカフェはさくらんぼフェア多くて楽しみだよ」

「カフェか。そう言えば碧、この前カフェに行こうとか言ってなかったか？」

話の流れで、陸がふと思い出したように訊《たず》ねてきた。

「あ、うん。カフェの新メニューが出来たっていうからさ」

その話をしに行った時に起きたのが、陸とさーやちゃんの空き教室事件である。

この話はあのままうやむやになったと思っていたのだが、陸はちゃんと覚えてくれていたようで、ちょっと嬉《うれ》しくなる私だった。

「へえ。じゃあ今日行ってみようか」

「ほんと？　うん、行く行く！」

陸の誘いに、私は笑顔で頷いた。

ちなみに陸は知らないだろうが、その店はカップル御用達のカフェである。

ここで男女二人並んで座れば、カップル扱いされること請け合いだ。

キスまでいけるかはともかく、いい雰囲気を作るきっかけにはなるだろう。

「気になってるメニューいっぱいあったんだよね。どれ食べようかなあ……どれも食べたいなあ」

にわかに盛り上がり始める私に、陸が苦笑を向けてきた。

「おいおい、そんなに食べたら太るぞ」

「う……そんな禁句を」

確かに足を怪我した影響で、最近は微妙に運動不足だ。甘いものは控えたほうがいいかもしれない。

とはいえ、せっかくカップル扱いされるチャンスを逃すのも困る。

「じゃ、じゃあカフェに行く前にちょっと運動でもしない？」

罪悪感から逃れるため、私は苦し紛れにそんな提案をした。

「しょうがねえな。じゃ、バッセンでも行くか。久しぶりに勝負しようぜ」

陸も私の罪悪感を察してくれたのか、その提案に乗ってくれる。

――と、その時、私の脳裏に閃《ひらめ》くものがあった。

カフェ……バッティングセンター……勝負……。

見えた！　これならキスまで持っていける！

「うん、やろう！　よし、思いっきり打っちゃうよ！」

「お、おう。そんなに本気で運動しなきゃいけないほどやばかったのか……」

光明が見えた勢いでぐっと拳《こぶし》を握る私に、陸は何やら呟《つぶや》いていた。

そうして、私たちはいつものようにバッティングセンターへと向かった。

通い慣れたこの場所が、私たちの記念すべきファーストキスの会場となる。

普通ならバッティングセンターでキス？　という疑問が浮かぶところだろうが、私にはさっき閃いた作戦があった。

「一応確認しとくけど、足はもう大丈夫なのか？」

バットを持って軽く素振りをしながら、陸はそんなことを訊ねてきた。

「うん。あれからスニーカーとローファーしか履いていないし、思いっきり打っても支障ないよ！」

デートの時に怪我をして以来、バッティングセンターは避けていたが、さすがにもう問題はない。

「ならよかった。怪我明けだろうと手加減しないからな」

挑発的に笑ってみせる陸。

こんなことを言いつつ、彼は私と勝負する時はいつも手加減してくれていたりする。

男女の身体能力差もあるし、ポジション的にも陸のほうが打撃を得意としているから。

そういう見えない気遣いをしてくれるところも好きなのだが、今日ばかりは本気を出してもらいたい。

「ふふん、それはこっちの台詞《せりふ》だよ。よし、負けたほうは罰ゲームね」

「ほーう、大きく出たな。乗った！」

私の提案に、ノリよく応じてくれる陸。

——とりあえず作戦の第一段階は成功だ。

「じゃ、まずは私から打つね」

「了解。お手並み拝見といこうか」

バットを手に取ると、私は左打席に入る。

私たちの勝負はいつも十球勝負。より多くヒット性の当たりを出したほうが勝ちだ。

「私が勝ったら、カフェでジャンボパフェ奢《おご》ってもらうからね」

私の出した条件に、陸は眉根《まゆね》を寄せる。

「なんだそりゃ。そんなメニューあったか？」

「新メニューです。一杯千五百円」

「なかなか痛い出費だな……が、乗った。俺が勝つしな」

陸が手加減しないよう、ちょっと辛い罰ゲームを設定する。

——よし、第二段階も成功。

私の作戦はシンプルだ。

罰ゲームありのバッティング勝負を仕掛け、『私に勝ったらキスしてあげる』と持ちかけるのである。

正直、ファーストキスとしてそれはどうなんだろうという気持ちもあるが、今は何よりも関係の進展が優先だ。

とりあえず異性として意識してもらうために、なんとかキスまで持ち込みたい。

そんな邪念を抱きながら、ピッチングマシンが投げる球に向かって鋭くバットを振る。

「ふっ――！」

いつもと変わらない手応えの打撃。

十球打って、ヒット性の当たりは四本だった。

このマシン相手なら、良くも悪くもない絶妙なラインだ。

本気の陸なら、恐らく超えられるだろう。

「よし、次は俺の番だな」

高校生にとって千五百円の出費は非常に大きい。

陸も罰ゲームを避けるため、集中した様子で右打席に入った。

力感のないゆったりとした構え。陸の調子がいい時の証である。

これなら、私の計画も成功しそう。

「ね、ねえ陸」

「なんだ？」

意を決して話を切り出す私に、陸は視線をピッチングマシンに向けたまま応じた。

「これで陸が勝ったら……その、私がキスしてあげるから」

「うえぁ⁉」

私の提案に、陸は奇声を上げてこっちを見た。

その顔は真っ赤で、さっきまでの集中力は欠片《かけら》もない。

「お、おま……いったい、何を」

絶妙に呂律《ろれつ》も回っていない陸。

なんか、予想以上に動揺している。

「ほ、ほら、罰ゲームっていうか……ご褒美的な」

つられて、覚悟を決めていたはずの私も羞恥《しゅうち》でしどろもどろになってしまう。

「ご、ご褒美ってそんな急に」

完全にこっちを見て、目を白黒させる陸。

が、そんな二人の空気も機械には関係ないようで、ピッチングマシンは構えを解いた陸に容赦なく直球を投げ込んできた。

「うおっ⁉　し、しまった！　俺の気を逸らす作戦だったか！」

「え、ちょ、違うから！」

あれ……なんかキスに持っていくはずが、ダーティープレイで勝ちにいった感じになってるんだけど！

「くそ、ささやき戦術とは、なんて奴だ！」

「違うからー！」

必死になって否定するも、その声は届かなかった。

数十分後。

カフェに移動した私たちの前には、話題のジャンボパフェが置かれていた。

どんぶり並みの大きな器に大量のアイスと生クリーム、そして大粒のさくらんぼがトッピングされた逸品である。

「さあ、好きなだけ食べるがいいさ……男に二言はない。俺の奢りだ」

どっと疲れたような表情の陸が、ジャンボパフェをそっと私のほうに押す。

あれから、動揺が響いたのか、陸は結局一本しかヒットを打てなかった。

「う、うぅ……こんなことになるなんて」

策士策に溺《おぼ》れるとはこのことか。

結局、目的は果たせず、目の前にはたいして食べたくもないカロリー爆弾がそびえ立っている。

「早く食べないと溶けるぞ。ささやき戦術を使うほど食べたかったんだろ、それ」

陸はどこか呆《あき》れた目で私を見ていた。

「ち、違うの！　私は別にパフェが目当てだったわけじゃなくて！」

まずい、このままじゃ食い意地をこじらせた結果、汚い手段でパフェを奢ってもらいにいった女になってしまう……！

結果として何も違わないのだが、なんとか弁明しなくては！

「パフェが目的じゃないなら、何が目的だったんだ？」

「それは、あの……」

――言えない。

陸とキスするためにめちゃくちゃ頑張ってましたとか、絶対言えない！

「た、ただ真剣勝負の末の勝利を求めてたというか……」

結果、私の口から出たのは誰がどう聞いても苦しい言い訳だった。

「ストイックすぎねえ⁉　なんでバッセンの勝負にヒリつくような緊張感求めてるのさ！」

「そりゃ緊張もするよ！　今回の作戦には私の青春の行方が懸かってたんだから！」

「なんで⁉　いつの間にそんな大勝負になったの⁉　どこにそんな伏線あった⁉」

「私はいつでも人生大勝負なんだよ！」

苦しい言い訳を重ねながら、ジャンボパフェを一口頬張る。

甘いはずのバニラアイスが、何故か今日は苦く感じた。

「おー、やっぱり今年も大阪代表は強いねえ」

ソファの隣に座った碧が、アイスを食べながら呟く。

ショートカットと、日焼けした肌。

基本的にボーイッシュな雰囲気の奴だが、素材がいいためか男子に間違えられることはない。

お互いに練習がない日は、この色気の欠片もない親友と、家で甲子園の中継を見るのが毎年夏休みの習慣だ。

「そうだなあ。甲子園で勝つより地方予選勝ち抜くほうが難しいんじゃないか？　あのくらいの大都市になると」

なんせ参加校の数がまるで違う。

しかも、同じ地域に甲子園優勝候補の有力校が二校も三校もあったりする。

「それにしても……いいなあ、野球は毎年注目されてて。ソフトボールのインハイなんて全く注目されてないし」

と、碧はいつものように野球とソフトの格差問題について不平を漏らす。

それを苦笑しつつ宥《なだ》めるのが、俺の役目だ。

「まあでも、あんなクソ暑いところで野球やるなんてむちゃくちゃしんどいぜ？　日程もきついし」

テレビの中の甲子園は、熱気でグラウンドが歪《ゆが》んで見える。

ほとんどフライパンの中だ。投手のポケットに卵を入れておいたら、試合が終わる頃にはゆで卵が出来上がってるだろう。

「とか言いつつ、陸も目指してるんでしょ？　甲子園」

碧の問いかけに、俺は自信満々に頷《うなず》く。

「おう。なるべく人口の少ない地域に進学して、予選突破の確率を上げようと思ってる。理想は三、四回くらい予選で勝てば県代表になれるような場所だ」

「目標が高いんだか低いんだか分からないよ……」

俺の計画に、碧は呆れたような視線を向けてきた。

「どうせだったら、どーんと地元の強豪校から出てやろうとか思わないの？　盛り上がるよ？　生え抜きで甲子園のスターになったら」

「そしたら碧とは違う世界の住人になっちまうだろ。俺は友情を大事にする男なんだ」

ちょっとニヒルに笑う俺の言葉を、碧は肩を竦《すく》めてスルーした。

「ご心配なく。その頃には私は日本代表候補とかになってますので」

その言葉に、俺はちょっと感じるところがあった。

「大きく出たな。碧の第一志望って朝峰《あさみね》高校だっけ？」

「うん。今インハイ連覇中だし、どうせやるなら強いところがいいかなって」

「そうなると、俺だけ楽なところに逃げるのは癪《しゃく》だな……よし、俺も強豪目指すか。この辺だと松華《しょうか》高校あたりか？」

「そだね。あそこは昔から強いし。練習めちゃくちゃ厳しいって聞くけど」

「三年間、野球漬けだろうなあ……なんか灰色の青春になりそうで躊躇《ためら》うな」

これでも高校では人並みに恋愛をしたいと思っている男である。

「大丈夫だって。甲子園出れば一気にモテるよ、きっと。可愛い女の子いっぱい寄ってくるだろうなあ」

「ゼロか百かの大博打だな……」

及び腰になる俺に、碧が朗らかに笑いかけた。

「いいじゃん。陸の場合、元がゼロなんだし、メリットしかなくない？」

「碧ちゃん、酷くないっすか？」

「だって、陸って浮いた話全然ないじゃん」

じとっとした目で親友を責めるが、彼女はまるで効いた様子もなく言葉を返してくる。

「失礼な。俺はこう見えてめちゃくちゃ浮いた話の多い男だわ。いつも女子と一緒に帰ってるとか、休日はバッティングセンターでデートしてるの見たとか、家に女の子連れ込んでるとか、腐るほど噂流れてるからね」

「その噂の相手、全部私だよね。私との噂はノーカンでしょ」

「ぬぐぅ……」

剛速球のような正論に、まんまと黙らされる俺であった。

「はいはい。じゃあ大人しく甲子園行ってモテる道目指しますよ。それで超可愛い彼女作ってお前に紹介してやるわ」

「あはは、楽しみにしてるね」

半ば自棄《やけ》になって宣言する俺に、碧は楽しそうに頷く。

そんな話をしながら、俺たちはきっと同時に一つのことを感じていた。

学校でも放課後でも、今までずっと腐れ縁みたいに一緒にいたけど、多分高校は別になるのだろうと。

「ねえ陸」

だから、少し不安になったような碧が上目遣いで俺の名前を呼んだ時、何を言いたいのかすぐに分かった。

「なんだ？」

「私たち、違う高校に行っても親友だよね？」

そんな質問に、俺は半ば呆れながら答えた。

「当たり前だろ。俺が甲子園行ったら、ちゃんとスタンドまで来て応援しろよ」

聞くまでもない質問に、言うまでもない答えを返した。

すると碧は、ほっとしたように笑みを浮かべた。

「うん、そうだね。あはは、変なこと聞いちゃった」

照れたようにはにかむ碧。

そう。高校に行っても、俺たちはきっと野球とソフトを続けて、たまに会ったらバッティングセンターで勝負をして、どっちが先にレギュラーを獲れるのか競争したりしているのだろう。

高校が別になっても、俺たちの友情は何一つ変わらない。

そんな未来を、確かに思い描いた。

――結論から言って、そんな未来は訪れなかった。

俺たちは同じ高校に進学したし、野球もソフトボールも辞めたし、俺が碧に抱く気持ちは友情ではなくなってしまった。

あの日、思いもしなかった未来に、俺たちは進んでいる。

三回表 ▼▼▼ よくある噂話。

しんとした病院の待合室で、俺は自分を落ち着けるために何度も深呼吸を重ねる。

周囲にいるのは幸せそうな顔をした妊婦や、付き添いの旦那《だんな》たちの姿。

そして、『産婦人科はこちら』と書かれた案内板。

そんな病院の待合室で、俺は一人深刻な顔をして椅子に座っていた。

「陸、お待たせ」

ふと声を掛けられて顔を上げると、そこには病室から出てきた碧の姿が。

「ど、どうだった？」

急き立てられるように立ち上がり、碧に近づいていく。

すると、彼女は少し困ったような笑みを浮かべて、口を開いた。

「うん……三カ月だって」

「そうか……」

半ば予想していた答えに、俺はなんとも言えない気分になる。

若気の至りとか、勢いとか、好きな気持ちとかを止められなかった末の結果だ。

甘んじて受け入れるしかないと分かっているものの、割り切れない。

「肩のリハビリに、まだそれだけ掛かるかあ」

産婦人科の横にある整形外科の案内板を一瞥《いちべつ》して、俺はそう呟《つぶや》いた。

「うん。まあ、仕方ないよ。これを覚悟した上で投げたんだし」

複雑な気持ちを割り切れない俺とは対照的に、碧はそう笑ってみせた。

中学時代に肩を壊した彼女は、治療のため定期的にこの病院に通っているのである。

「それより早く受付のほう行こう。ここにいると産婦人科の患者と間違われて気まずいし」

「お、おう。そうだな」

そこでようやく客観的な状況を把握した俺は、碧と一緒に顔を赤くしながら退散する。

「なんかずっと順番待ちしてたせいで、身体が鈍っちゃった。陸、バッティングセンター行こうよ」

碧はなんでもないような笑顔で俺を誘ってくる。

「いいけど……大丈夫なのか？　肩」

心配する俺に、碧は呆《あき》れたような顔をした。

「今更何言ってるの、もう。今までもずっと行ってたでしょ？」

「そうだけどさ……」

まだ迷う俺に、碧は挑戦的な流し目を送ってきた。

「おや、陸君。もしかしてスランプ気味？　私に負けるのが怖いとか？」

「なんだとコラ、こちとら打撃が本職の野手じゃ。投手に負けるかよ」

安い挑発に、俺もあえて乗る。

「ふっふっふ、投手とは一番センスがある人がやるポジションなのですよ。当然、打撃だっていいし、陸なんてかるーく捻《ひね》っちゃうよ」

「上等だ、やってやろうじゃねえか」

「あはは、受けて立つよ」

気さくに笑う碧。

それが、半ば空元気とは分かっていたものの、気を遣われるほうが碧は辛いのだと悟っていた俺は、その空元気に乗ることにしたのだった。


——中学最後の夏。ソフトボール部の大会で、碧は肩を壊した。

最後の大会に悔いを残したくないと猛練習を重ね、一人で大会を投げ抜いた末の事故である。

その投球を最後に、碧は大好きで、ずっと夢中だったソフトボールから身を退いた。

そして今もまだ、その時の後遺症と闘っている。


「そういや陸、今度野球部の体験入部に来ないか？　今年新入部員が少なかったから経験者いたら誘ってこいって言われてるんだけど」

昼休み。

教室で銀司と一緒に弁当を食べていると、不意に彼がそんな話題を振ってきた。

「なんだ、いきなり。悪いがパスだ」

意外な質問に少し困惑しつつ、素直な気持ちを伝える。

中学時代はシニアリーグで野球をやっていた俺だが、競技者としては完全に引退した。

今はバッセン通いと不定期に参加する草野球だけがプレーの場である。

「ふぅん……今は野球より碧ちゃんってことか？」

「ま、そうだな。俺が部活で野球漬けになったら、碧も暇するだろうし」

素直に答えるし、銀司は何故かちょっと嫌そうな顔をした。

「うへえ……軽い気持ちで聞いたら、惚気食《のろけ》らっちまった。また同じチームでプレーするのもありかと思ったが、やっぱり当分いいわ」

うんざりした表情で野球部への勧誘をやめる銀司。

「けど、部活捨ててまで碧ちゃんとべったりするなら、そろそろ告白したらどうですかね」

と、惚気の仕返しとばかりに、いつものせっつきに入った。

「そ、それとこれとは話が別でしてね。チャンスがあればと思ってるけど」

思わず硬くなる俺に、銀司は呆れたように溜《た》め息《いき》を吐く。

「お前ね……野球じゃないんだから、他の打者が勝手にチャンス作ってくれたりはしないんですよー？　恋愛は個人競技なんだから、自分でチャンスを作りに行け」

銀司の強烈な正論パンチに、俺はつい呻《うめ》いてしまう。

「ほ、ほっとけ。俺は初球を見送るタイプなんだよ」

「高校に入ってからずっと見送り三振を続けてきたのがお前だろ。この上何を見るんだ」

スパッと切り捨てられ、俺は返す言葉がない。

「う……確かに、銀司も前に言ってたけど、碧って可愛いしなあ。俺がもたもたしてる間に、横からかっ攫《さら》われるかもしれん」

そうなっては元も子もない。

「ああ、それならしばらくは大丈夫じゃねえか？　お前と碧ちゃんが付き合ってるって噂、予想以上に広まってきてるし」

不安を零す俺に、銀司はふと何かを思い出したようにそう教えてくれた。

「む、そうなのか？」

「おう。この間、碧ちゃんが病院行く時に陸が付き添っただろ？　どうやらそれを見てた奴がいたみたいでさ、お前と碧ちゃんが産婦人科から出てきたって噂が流れてる」

「あー……」

確かに、あそこの病院って産婦人科と整形外科が隣同士だからなあ。たまたま同じ病院に通ってる奴が見たら、勘違いするかもしれん。

「お前が避妊に失敗して、碧ちゃんが産婦人科送りにされたみたいな話も出てきてるが」

「また暇な奴もいたもんだなあ」

俺は半ば呆れてしまい、思わず苦笑する。

その反応が意外だったのか、銀司は少し驚いたような顔をした。

「へえ、お前のことだから全力で慌てるかと思ったけど、冷静なんだな」

「そりゃあな。異性の友達とずっとつるんでると、そういう噂が定期的に流れるもんなんだよ。俺も碧も、小学校の頃からその手のことには慣れっこさ」

ここまで過激な噂になったのは初だが、俺と碧が付き合ってるみたいな噂や茶化しは、通算何度やられたことか。

「なるほど、そんなもんか……と、ちょうどもう一人の張本人が来たな」

銀司が教室の入り口に目を向ける。

その視線を追うと、二条と一緒に食堂に行っていた碧が教室に戻ってくるところだった。

「おーい、碧ちゃん」

早速、銀司が碧を呼ぶ。

彼女は俺たちに気付くと、リスのようなちょこまかとした小走りで近づいてきた。こういった動作がいちいち可愛い。

「なに、二人とも」

「いやあ、変な噂が流れてるみたいだから、大丈夫かなって」

銀司が話を振ると、碧も噂については知っていたのか、苦笑しながら頷《うなず》いた。

「ああ、うん。大丈夫だよ、私も陸も慣れてるし。ね？」

碧がこっちを見て同意を求めてくるので、俺も頷き返した。

「おう。こういうのは必死になって否定すると逆に信憑性《しんぴょうせい》が出ちゃうからな。あんまりこっちからどうこうするべきじゃない」

「そうそう。噂について聞かれたら、適当に肯定してあげれば、逆に相手も嘘だったんだなって思うから」

　こっちが必死になると相手は面白がってエスカレートするものである。

　大事なのは、つまらない反応をして興ざめさせることだ。

「おお、熟練感あるな。なら大丈夫そうだが、もし大変だったら手を貸すからな」

「おう、サンキュ」

　どうやら、銀司は銀司なりに心配してくれていたらしい。

　そんな話をしていると、不意にクラスメイトの何人かと目が合った。どう見ても俺と碧に注目してるな、あれ。

　やれやれ……早速、俺たちの噂否定テクを使う時がやってきたらしい。

「あ、あの、西園寺《さいおんじ》さん、巳城君。ちょっと聞きたいことがあるんだけど、いいかな？」

　クラスメイトの女子二人組が、意を決したように声を掛けてきた。

「いいけど、なんだ？」

　俺が何気ない感じで促すと、二人は興味津々という目で俺と碧を見比べた。

「二人が付き合ってるって噂聞いたんだけど……あれってマジ？」

やはり、その質問か。

俺と碧は目を合わせて苦笑し、それからこの五年間、ずっとやってきたようにさりげなく肯定することにした。

「お、おう。マジだよ」

「つ、付き合ってる……よ」

俺は声を上擦らせながら、碧は顔を赤らめながら、それぞれ返事をした。

それを見て、クラスメイトたちは目を輝かせる。

「やっぱり！　じゃあ揃《そろ》って産婦人科から出てきたっていうのも⁉」

「ほ、本当だよ……」

恥ずかしそうな碧の返事に、クラスの二人は真実を察してくれたらしい。

「そ、そうなんだ。ごめんね、変なこと聞いて！　じゃ、またね」

女子二人はこれだけで十分と見たか、小走りで走り去っていった。

「ふう……撃退成功したか」

「まあ、こんなもんだよね」

一仕事を終えた達成感に、俺たちは汗を拭《ぬぐ》う。

が、そんな二人の間に銀司が割って入ってきた。

「いやいやいや！　全然撃退成功してなかったよ⁉　噂は事実だって確信を与えまくってたけど！　完全に付き合いたてカップルの初々しさみたいなの出てたじゃん！」

「うぐ」

「あう」

銀司の指摘に、俺たちはつい呻いた。

「い、いや、なんか今回は妙に緊張しちゃって」

「わ、私も」

俺と碧もぶっちゃけ完全に失敗したことを悟っていたため、二人揃って銀司から目を逸らした。

確かにこんな状況は何度も経験してきている。

が、その時は碧のことを本当に異性として意識していなかったからこそ、さらっと否定できたのだ。

一方、今は碧のことを異性として意識しまくっているため、普通に緊張してしまったのである……！

「お、落ち着こう。今のは急だったからうまくいかなかったけど、ちゃんと落ち着いて対処すれば大丈夫のはずだ」

俺は深呼吸を繰り返しながら自分に言い聞かせる。

なんか、俺が変に緊張してしまったから、碧までぎこちなくなってしまったっぽいし。

「そ、そうだね。今まで通り全肯定していけば、必ず噂は消えるはず……！」

碧もきゅっと拳《こぶし》を握って、気合いを漲《みなぎ》らせていた。

「おい、その路線今すぐ捨てたほうがいいぞ！」

銀司だけが、この後の展開を悟ったように忠告を飛ばしていた。


――人間というのは、過去の成功体験を捨てられない生き物である。

「碧ちゃん、巳城と出来ちゃった婚ってマジ？」

「ま、まあね」

もうとっくに昔とは状況が変わっていて、かつて通用した手法がもう通用しないのだと分かっていても、それを即座に捨てることはできない愚かな生き物なのだ。

「おい巳城。お前、西園寺とホテルから出てきたって聞いたんだが」

「お、おう。まあな」

全肯定……とにかく全肯定さえしておけば、相手も受け流されていることを察してそれ以上噂を立てなくなるはずだ。

この五年間、積み重ねた成功体験は俺たちにとって絶対のもので、それを捨てるとなると、どうやって噂を否定していくかの指針が全くなくなってしまう。

それ故に、もう駄目だと薄々感じている手法にしがみついてしまっていた。

——その結果。

「……噂によると、私は出来ちゃった婚で六月に結婚《ジューンブライド》決めるってことになったみたい」

「……そうか。俺は両親の許可を得られず高校辞めて碧と駆け落ちするらしいぞ、噂によるとな」

二限目の休み時間、中庭のベンチで俺たちは現状について話し合うことに。

噂の全肯定を始めてから今日で三日目。

例の噂は鎮火するどころかヒートアップしていき、俺と碧に対する注目は更に高まっていた。

今だって、ベンチで二人話す俺たちを遠巻きに眺める生徒たちの視線を感じる。

「なんとかしなきゃね……今からでもちゃんと否定して回る？」

方針転換を打診してくる碧に、俺は渋い表情を返した。

「それで静まるとも思えないな。薄々事実を察した上で面白がってる奴らがちらほらいるように見えるし」

そうでもなければ、高一で出来ちゃった婚の噂なんか流れるものか。そもそも結婚できる歳じゃねえし。

いわゆる『真実なんかどうでもよくて、俺たちのリアクションが面白いから話を盛ってやろう』という奴らが確実に存在する。

こういう奴らの好奇心を掻き立てないように、全肯定でつまらない反応をするという方針だったのだが、まんまと失敗した。

「どうしたもんかな……」

深刻な顔で溜《た》め息《いき》を吐きつつも、俺は内心でまた別の感情を抱いていた。

この状況、意外と悪くなくね？

碧を異性として意識していなかった頃は、付き合っている噂は迷惑だったけど、今となっては満更でもない。

というか、この状態であれば碧にも男が寄ってきづらくなるし、俺にとっては得しかない気すらしている。

——恋愛は個人競技なんだから、自分でチャンスを作りに行け。

ふと、銀司の言葉が脳裏に蘇《よみがえ》った。

もしや、これはチャンスを作れる状況なのでは？

「な、なあ碧。ここで逆転の発想を思いついたんだけどさ」

「なに？」

きょとんとした様子で小首を傾げる碧に、俺はドキドキしながら提案を切り出す。

「よく考えたら、噂を沈静化させる必要ないんじゃないか？　どうせ普通に学校に通っていればそのうち嘘だって分かることだし、それまで放置って感じで」

「まあ、言われてみれば……」

俺の言葉に、碧も盲点を突かれたという表情をした。

「けど……いいの？　私とその、付き合ってるって思われても」

恥ずかしそうに顔を赤らめて確認してくる碧。

それにドキリとしながらも、俺は笑顔で頷いた。

「ああ。周りがどう思おうが、本当の関係がどうなのかは俺たち自身が分かってるんだし、問題ないだろ？」

あと、できればそのまま既成事実化したい。

こう、上手いこと外堀を埋めていって、気付いたら本当に付き合ってるみたいなね。

「そ、そうだね。私も、陸と付き合ってるって思われても……構わないし」

照れたような表情で、めちゃくちゃ勘違いしそうなことを言ってくる碧。

お、落ち着け！……碧に他意はない、ないはずなんだ……！

「お、おう。じゃあ対外的には付き合ってるっていうことにしてみて……」

「う、うん。噂が収まるまではそんな感じで……」

碧も赤くなっているが、多分俺も赤くなってる。すっごい顔が熱いし。

しかし、これは確実に前進だ。

ピンチをチャンスに変えた今となっては、噂が流れるくらいで何を嫌がっていたんだろうと思う。

特にデメリットもないというのに――。

「あ……こんなところにいたか。アホの子二人」

浮かれる俺に冷や水を浴びせるように、背後から呆《あき》れたような声が掛かった。

振り向くと、そこにいたのは小柄なポニテ少女。

碧の友人である二条沙也香である。

「あ、さーやちゃん。どうしたの？」

きょとんと小首を傾げる碧に、二条は深々と溜め息を吐いてみせた。

「どうしたの？　じゃない。お前ら二人、生活指導の斉藤《さいとう》先生がブチ切れてたぞ。あの噂はどういうことだって」

「「え」」

予想していなかった台詞《せりふ》に、俺と碧は同時に凍り付いた。

「マ、マジで……？」

恐る恐る訊《たず》ねた俺に、二条は冷めた表情で答える。

「それはもう。噂が事実なら退学ものだとさ。このままだとすぐにでも職員会議が開かれるって話だ」

「いやいやいや！　そんな、たかが噂話で退学なんて！」

俺が慌てて詰め寄るも、二条の表情はますます冷めていく。

「噂だけならな。けど、当の本人たちが噂を肯定して回ってるとなれば話は変わるさ」

「あ」

再び凍り付く俺と碧。

そこに――

『一年B組の西園寺碧、巳城陸。職員室まで来るように』

——トドメとばかりに校内放送が響き渡るのだった。

「出頭命令だな。ほら、二人とも行ってくるといい」

憐《あわ》れみがたっぷり籠《こ》もった表情で促してくる二条。

「さ、さーやちゃん……なんとか先生を取りなしてもらうこととかは」

引き攣った表情の碧が、二条に縋《すが》る。

それに対して一条は、普段のクールな表情が嘘みたいな最高の笑みを浮かべた。

「碧。学校を辞めることになっても、ずっと友達でいような？」

「は、はくじょうものー！」

「悪いが、自分たちで噂を肯定して回ってる奴にフォロー入れるのは無理だわ。骨を拾ってやるだけ情に厚いと思ってほしい」

涙目の碧を、一条はひらひらと手を振って見送る。

事ここに至って詰んだことに気付いた俺は、思わず空を見上げた。

「……碧、出頭しよう。そして全部説明するんだ」

「うぅ……それしかないか」

がっくりと項垂れる碧。

——この後、噂を全肯定することのデメリットをたっぷり味わった俺たちは、嵐のような説教と引き替えに、教師のお墨付きをもらって噂を葬ることに成功したのだった。

三回裏 ▼▼▼ もしもという時の備え。

「はあ……酷い日にあったよ」

朝の登校中。

ようやく例の噂が沈静化し、退学の危機を逃れた私は、ここ数日の騒動を思い返して深い溜め息を吐いた。

「馬鹿な対処をしようとするからだ。次からはもっと自然に受け流すようにしな」

隣を歩くさーやちゃんが、呆れたように責めてくる。

割と冷たいことを言っているが、なんだかんだ世話焼きなさーやちゃんは、私と陸の弁護人として職員会議《さいばん》に参加してくれた。

「気を付けます……」

おかげで無罪を勝ち取った私と陸だったが、その代償としてしばらくはさーやちゃんに頭が上がらないだろう。

「けど、ちょっと残念な部分もあるなあ。形の上だけとはいえ、もう少しで陸と付き合う感じになったのに」

最後の最後、何故かいい感じに話が進みそうだったことを思い出し、若干惜しい気持ちになる。

あのまま上手く外堀を埋められれば……みたいに考えていたのに、全ては露と消えてしまった。

「……ふむ」

私の言葉に何を思ったのか、さーやちゃんは何かを考え込むように顎《あご》に手を当ててじっとこっちを見つめてきた。

「な、なに？」

微妙に居心地の悪さを感じて訊ねると、彼女は自分の中で答えが出たのか、一つ頷《うなず》いてから口を開いた。

「いや、今回はただの噂話で済んだけど、よく考えるといつ本当のことになってもおかしくないんだなって思ってな」

「さ、さーやちゃん⁉　ななな何を言ってるの、急に！」

唐突に放たれた問題発言に、私はものすっごく動揺した。

しかし、そんな私とは対照的に、とんでもない発言をしたさーやちゃんはクールな表情のまま普通に話を続ける。

「いや、巳城も男だしな。あいつがもしその気になったら碧も流されるだろうし、そうしたら本当に産婦人科送りになるかもしれん」

「そ、そんなことにはならないから！　多分！　きっと！　恐らく！」

「力強く否定する割には曖昧《あいまい》だな」

白い目で見られて、私の勢いも萎《しぼ》んでいった。

「うぅ……そう言われても、付き合ってもないのにそんなこと」

一瞬、ちらっと『そういう場面』を想像してしまい、耳まで熱くなる。

「そうは言うが、巳城も男だし勢いがついたら止まれないこともあるだろう。ちょっと待ってろ、ちょうどいいものがある」

さーやちゃんはそう言うと、自分の鞄《かばん》をごそごそと漁り始めた。

「確かソフト部の先輩にふざけて押しつけられたものが入れっぱなしに……あった。ほら、これをやろう」

さーやちゃんは鞄から取り出したものを私の手に握らせる。

「いったい何を……」

なんだろうと思って手の中を見ると、そこに置いてあったのは、

「こ、これ……！　コンド……っ⁉」

いわゆる避妊具だった……！

動揺のあまり噛《か》む私に、さーやちゃんはあくまで冷静な顔で言う。

「あくまでただの『お守り』だ。いざという時のな」

「い、いらないよ！」

手を出して突っ返すが、さーやちゃんは受け取ろうとしない。

「こら、そんなもんをこんな往来で出しっぱなしにするな」

「うぐ……」

登校中の生徒たちの視線を浴び、私は仕方なく自分のポケットに『お守り』をしまった。

「こ、こんなのいらないって」

しかし、なんとか返却しようと、小声でさーやちゃんに抗議する。

「いらなくても、持ってて損はないだろう。友を思う私の気持ちだ、受け取っておけ」

そう言われたら、無下にするのも申し訳ない。

さーやちゃんも善意で言ってくれてるんだろうし。

それに……その、本当に万が一そういう雰囲気になることもあるやもしれないし……。

しかし、『お守り』の入ったポケットがずしりと重く感じる。

な、なんだか不発弾を抱え込んだ気分なんだけど……。

「ん、納得してくれたようだな。じゃ、私もうすぐ部活のミーティングの時間だから、ちょっと急ぐわ」

「あ、うん。頑張って」

話が一区切りしたところで、さーやちゃんは小走りで学校に向かっていく。

登校する生徒の群れに紛れていく友人の背中を見送っていると、彼女と入れ替わるように見知った顔が曲がり角から現れた。

「お、碧。おはよう」

「り、陸。おはよう」

不意打ち気味に現れた陸に、私の心臓は一際高く跳ねた。

いつもなら嬉《うれ》しいことなのだが、なんだか今日はうまく彼の顔を見られない。

さーやちゃんがあんなもの渡してきたせいで、めちゃくちゃ変なふうに意識しちゃうんだけど……！

「碧？　どうしたんだ？」

と、さすが付き合いの長い親友というべきか、陸は私の変化を目敏く見つけて不思議そうな顔をした。

「な、なんでもない。ちょっと不発弾を抱えてるだけだから」

「なんでもなくないよ⁉　大事件だけど！」

いけない、動揺のあまり変な説明しちゃった。おかげで陸が困惑してる。

「だ、大丈夫。陸が何もしなかったら爆発しないから、気にしないで」

「気にするよ！　え、俺いつの間にか不発弾の起爆スイッチを手にしてたの⁉」

慌てたように自らの身体をボディチェックする陸。うぅ……話せば話すほど墓穴を掘ってしまう。

「と、とにかく問題ないから。ほら、例の噂のことでちょっとさーやちゃんにからかわれただけ」

「そ、そうか」

ようやく説得力のある説明ができたようで、陸はそれ以上追及してくることはなかった。

代わりに、違う話題を振ってくる。

「そうだ、碧。今日の放課後空いてるか？　最近色々大変だったし、気晴らしに遊びに行こうぜ」

「あ、うん。いいよ、確かに最近大変だったもんね。どこに行く？」

普段通りの会話に、ようやく私は少しだけ落ち着いてきた。

やっぱりさーやちゃんの考えすぎだよね、私たちはいつもと何も変わらないんだから。

「じゃあ、カラオケとかどうだ？　最近バッセンばっかりだったし」

「カ、カラオケ……」

その提案に、私は微妙に及び腰になってしまった。

カラオケといえば密室での二人きり。そういうことに及ぶカップルも多いという。

「ん、カラオケは乗り気じゃないか？　ならうちでゲームでもやるか？　新しいの買ったんだが」

「り、陸の部屋……！」

部屋で二人っきり……！　カラオケ以上の危険スポットだ。

「おーい、碧？　なんか様子おかしいけど、遊びに行くのはまた別の機会にするか？」

私が思考を彼方《かなた》に飛ばしていると、あまりに不審だったのか、陸が心配そうな顔をしてきた。

ど、どうしよう……今の私に陸の部屋はハードルが高い。けど二人で遊びに行く機会を潰《つぶ》したくはない。

「い、行くよ！　カラオケがいいかな」

悩んだ末、私は危険度の低いほうを選んだ。

「そっか。じゃ、放課後にな」

朗らかに笑う陸に素直に笑い返せない私が恨めしい。

というか、ポケットに入っている『お守り』が恨めしい。

もはやお守りというより呪いのアイテムだよ、さーやちゃん……。


そうして迎えた放課後。

私と陸は約束通り、駅前のカラオケボックスにやってきた。

「さて、何歌うかなー」

鼻歌交じりでタッチパネルを手に取る陸。

その一方、私はガチガチに緊張したまま椅子に座っていた。

「碧はどれ歌う？」

と、何気なく言いながら、陸はタッチパネルを共有するように私の隣に座った。

肩と肩が触れるその距離に、一気に心臓が跳ね上がる。

「な、何にしようかな」

上擦った声でタッチパネルを見ながらも、私の意識は完全に隣の陸に向いていた。

今の陸にはそんな気はないんだろうけど……もし、もしも私のポケットにある『お守り』を陸に見られたら。

私が『そういうこと』を織り込み済みでカラオケに来たと……誘ってると思われるのではないだろうか！

「よし、俺はこれに決めた。じゃ、先歌うわ」

陸が私から離れてマイクを取りに行く。

物理的に距離が離れたことに、私は胸《むね》を撫《な》で下《お》ろした。

もしも陸が私に誘われていると思って勢いづいてしまった場合、私は拒絶できるのだろうか。

割とまだそういうのは怖いと思うタイプなんだけど、拒絶して嫌われたらもっと怖いとも思うし、好きな人相手だったら自然だとも思う。

だから、さーやちゃんの言うように流されてしまうかも。

そうなったら最後、二度と親友には戻れない。

陸に異性として意識されて、今までとは決定的に違う関係になってしまう。

「……あれ？」

よく考えたらそれいいことじゃない？　私に都合がいいほうに進んでない？

陸のことだから、そういう仲になったらちゃんと責任取ってくれると思うし、ミッションコンプリートじゃない？

「け、けど、そんな色仕掛けみたいなこと……！」

キスにすら失敗した私にできる気がしない。

何より、ドン引きされたらどうしよう。

陸は私を女として見ていないし、なんか友達だと思ってた奴に誘われたとなったら、かなり引くだろう。

とんでもないギャンブル。運命の二択だ。

「ふー、歌った。次、碧の番な。何を歌うか決めたか？」

どうする、どっちが正解……？

「おーい、碧？」

「え？」

名前を呼ばれて顔を上げると、いつの間にか歌い終わっていた陸が私の隣に座っていた。

再び上がる密着度に、私の思考力は極端に落ちていく。

「だから、何にするか決めたのかって」

「う、ううん。二択でずっと悩んでたから」

色仕掛けをするか、しないか。

今後の人生を左右する二択である。

「二択までは絞れてるのか。じゃ、先に思いついたほうから選べば？」

「先にって……陸のえっち！」

軽い調子で放たれた陸のアドバイスに、私のパニックは頂点に達した。

「なんで⁉　どこがセクハラだった⁉」

「だ、だいたい！　こういうことって軽い気持ちでするものじゃないと思う！」

「カラオケなのに⁉」

「そ、そもそもカラオケですることじゃないでしょ！」

「ここ以上に適したところなんて思いつかないが！　じゃあどこでするのが正解なんだよ！」

陸の言葉に、私は真っ赤になりながら考える。

「よ、夜の寝室とか？」

「絶対騒いじゃ駄目な場所じゃん！　もっと大声を上げられる場所じゃないと無理だよ！」

「お、大声を上げるようなことをするつもりなの⁉」

「まさにその通りだけど！」

「そんな……！」

こ、応えられるかな……!?　私、初心者マークもいいところなんだけど！

私が頭をフル回転させながら目を回していると、陸が困惑気味に言葉を続ける。

「というか、カラオケに来て歌わないってどういうことだよ！」

「え、歌う……？」

陸の放った意外な言葉に、私は硬直する。

そこでようやく頭に上っていた血が下がり、思考能力が元に戻ってきた。

……おかげで、ついさっきまで晒《さら》していた醜態を理解する。

「〜〜〜〜〜っ！」

声にならない声を上げて、私は両手で顔を覆った。

なんてことを！　なんてことを！　これじゃまるでむっつりスケベじゃん！

まるでっていうか、そのまんまだけど！

「あ、碧？　おい、いったいどうしたんだ？」

悶《もだ》える私に、陸が不思議そうに訊《たず》ねてくる。

「なんでもない……」

君と二人きりなのでえっちなことばかり考えてましたとか、言えるわけない。

「碧……今日はおかしいぞ。やっぱり、この間の噂を気にしてるのか？」

いよいよ本格的に不審に思われたようで、陸が気遣うような声音になった。

「そ、そうじゃないけど……」

私は顔から手を外し、恐る恐る陸の顔を見る。

うぅ……目が合うだけで恥ずかしい。

「ならいいけど……それだったら、その、肩のことか？」

「――――――」

心配そうに、割れ物に触れるような慎重さで訊ねてくる陸に、茹《ゆ》だっていた思考がすっと冷えていく。

「まだリハビリはかかるだろうけど、ちゃんと治るんだし、その、なんていうか」

たどたどしく励ましの言葉を選ぶ陸。

その姿を見て、きゅっと胸が締め付けられるような気分になった。

――ああ、そうか。

一緒に診断に行ったあの日から、陸はずっとそのことを気に掛けていたのだ。

今日のカラオケも、噂のことより肩のことで気晴らしをさせてくれようとしたのかもしれない。

「そのことでもないよ」

温かい気持ちになりながら、私は陸の言葉を否定した。

私がソフトボールをできなくなったことを一番気にしているのは陸。

陸はいつも、私よりも私のことを考えてくれて、心配してくれている。

「本当か？」

じっと見極めるように私の目を見てくる陸。

それに、私は自然と笑い返した。

「本当だよ。陸は心配しすぎなの。私、今だって十分楽しいと思ってるよ？」

だって陸がいてくれる。

ソフトボールができなくなったのは悲しいけど、こうして陸がそばにいてくれて、二人で色んなことを積み重ねていく日々は、幸せなんだってはっきり言えるから。

「……ん。分かった。それなら信じる」

私の言葉が嘘じゃないって分かったのか、陸はようやく表情を和らげた。

なんだか、今日初めて陸とちゃんと話せた気がする。

「うん。じゃあ、歌い直そうか。私も今度こそすっごく歌いまくっちゃいたい気分だから」

いつも通りの距離感を取り戻した私は、笑顔でマイクを握った。

「お、乗り気だな。俺はさっき歌じゃないところで叫んだせいで、もう既に若干喉《のど》が痛いけどな？」

私が普段の調子に戻ったのが分かったようで、陸もいつも通りからかってきた。

「うぐ……そ、そうだ。ちょうどのど飴《あめ》持ってるからあげる。それでチャラね」

このままじゃ今日ずっとからかわれると思った私は、弱みを解消すべくポケットに手を入れてのど飴を取り出す。

その際に、足元でぽとっと何かが落ちた音が聞こえた。

「ん？　碧、何か落としたぞ」

陸がそれに気付いて拾おうとする。

「あ、それは……！」

私のポケットから落ちたのは、さーやちゃんがくれた『お守り』。

それが今陸の手に――

「こ、これは……！　碧!?」

自分が拾ったものが『お守り』だと気付いた瞬間、陸の顔が真っ赤になる。

私も、みるみる自分の顔が紅潮していくのが分かった。

「ち、違うの！　これはさーやちゃんに押しつけられたもので！」

「こんなのいつから持ち歩いて……まさか使う相手が!?」

「いないよ！　いないからね！」

――この後、私たちは落ち着くまでしばらくパニック状態が続いた。
やっぱりあれ、お守りじゃなくて呪いのアイテムだよ、さーやちゃん……。

四回表 ▼▼▼ ジンクスに負ける二人。

最近、たまに教室全体が浮き立っているような空気を感じることがある。

初めは地獄の中間テストを終えた解放感のせいかと思ったが、それにしてはどうも浮き立っている期間が長い。

「なあ碧。なんか最近みんな明るくね？　なんかあるのか？」

休み時間。

疑問を覚えた俺が親友に訊ねてみると、彼女は少し考えてから答えた。

「多分、もうすぐ体育祭だからじゃない？」

「ああ、そういやそうだな。けど、それでこんな盛り上がるかね？」

思わず、俺は小首を傾げた。

俺や碧にとっては割とテンションの上がるイベントであるが、一般生徒の中にはこのイベントを苦手としている奴も多い。

なのに、このクラスではそういう拒絶反応を起こしている生徒は見かけなかった。

「私も詳しくないんだけど、うちの体育祭ってすごく規模が大きくてエンタメ力高いんだって。受験生用のPRにも使われてるから、これきっかけでうちの学校選んだ子も多いとか……まあ私たちは例外だけど」

最後にそう付け加えて、苦笑する碧。

俺たちは元々、それぞれ部活目当てで別の学校に進む気だったが、互いに野球とソフトを辞めることになり、急遽《きゅうきょ》本来の偏差値に合った学校に志望校を変更した。

そういう経緯もあり、受験生用の細かい資料には目を通していないのである。

「じゃあ、どんなイベントになるか楽しみだな」

「ね。盛り上がるといいな」

高校で初めての大規模イベントに思いを馳《は》せていると、ゾンビみたいな足取りで俺たちの下にやってくる男の姿が見えた。

「二人とも……体育祭に興味があるのか？」

我が友人である有村銀司だ。

普段は体育会系らしくエネルギッシュな男なのだが、今は全身から疲労感を醸し出しており、完全にリビングデッド状態である。

「お、おう。今はそれよりお前の様子のほうが気になるけど」

「あの、顔色悪いよ？　銀司君」

俺と碧は軽く引きながらも友人の体調を心配する。

それに対して、彼は深々と溜め息《たいき》を吐きながら答えた。

「いやあ……俺、実行委員として体育祭準備に参加しててさ。それが忙しいのなんの」

「そうだったのか。部活もやりながらだろ？　大変だな」

うちの体育祭は、男女一名ずつをクラス代表として実行委員に選出する決まりだ。

が、常に人手不足らしく、ハードワークになっていると聞く。

「そう、そうなんだよ。今もう超人手不足でさ、猫の手も借りたいってわけ。そんな時に都合よく興味を持ってくれそうな猫一号と二号を見つけたのが今よ」

「もしかして俺たちのことか？」

「そうみたいに～」

猫一号と二号が顔を見合わせていると、銀司は両手を合わせて拝んできた。

「頼む。ちょっとでいいんで手伝ってください。色々と特典もあるし、損はさせないから」

そう正面から頼まれては、無下にするわけにもいかない。

銀司には普段から割と世話になっているし、俺としては乗ってやりたいところだ。

「俺はいいけど……碧はどうする？」

「私もいいよ。楽しそうだし」

碧も結構乗り気のようだ。

そんな俺たちの反応に、銀司はほっとしたように胸《むね》を撫《な》で下《お》ろす。

「助かる。じゃあ、放課後になったら改めて案内するよ」

それだけ言い残すと、銀司は自分の席に戻って泥のように眠り始めた。


そうして迎えた放課後。

俺たちは銀司の案内で視聴覚室へと連れていかれた。

入室すると、既に他のクラスから集められた実行委員たちの姿もちらほらと見える。

「わ、結構いるね」

碧が驚いたように周囲を見回す。

体育祭はクラス対抗で行われるため、実行委員も一年から三年までの各クラスで二人ずつ選ばれているはずだ。

中には俺と碧みたいなアシスタント要員もいるだろうから、もっと多いだろう。

「それだけ準備が大変ってことなんだろうな」

そう言いつつ、俺はちょっと浮かれ気味だったりする。

なんたって、これから碧と一緒にイベントごとの準備なのだ。

何かのきっかけで距離が縮まったりするかもしれないし、俺にとっては体育祭本番よりもこっちのほうが青春イベント本番である。

俺が内心でこっそり張り切っていると、銀司が深々と溜め息を吐いた。

「これから男子と女子で違う作業をするからな。碧ちゃんは女子グループに合流してくれ」

え、ちょっと待って。

「うん、分かった。じゃ、陸またね」

軽く手を振って去っていく碧。

おう……神はなんという残酷な仕打ちを。

「陸はこっちな。ちょっと紹介したい人がいるから……って、どうした、仏頂面で」

極端にテンションが下がった俺に、銀司が不思議そうな顔をする。

普段は察しのいい男だが、今は疲れているせいかこっちの恋愛事情に気を回す余裕もないらしい。

「なんでもないです……」

俺の青春イベント本番が……。

楽しみが減ってテンションだだ下がりの俺だったが、一度受けた仕事は全うしなくては。

「で、紹介したい人って？」

なんとか頭を切り換えて訊《たず》ねると、銀司はきょろきょろと周囲を見回した。

「確かこの辺に……いた。おーい、早見《はやみ》先輩」

銀司の声に、一人の男子生徒が反応する。

眼鏡をかけた男。端整な顔立ちと、すらりと伸びた長身。

話したことはないが、俺にも見覚えがある。

確か生徒会長の早見修助《しゅうすけ》先輩だったか。

「おう有村、もう来てたのか」

親しげな様子で銀司に話し掛ける早見先輩。

が、すぐにその視線がスライドして、隣にいる俺に向く。

「その子は？」

「俺の手伝いをしてくれる巳城陸っす。陸、こっちは早見先輩。生徒会長で野球部の主将」

「ども。巳城陸です」

銀司の紹介に与り、俺は軽く会釈をする。

生徒会長で野球部の主将と来たか。

確か生徒会長は体育祭の実行委員長を務めるのが慣習と聞いたし、銀司が実行委員会に入ったのも、この関係から来たものなのだろう。

「ああ、手伝い呼ぶって言ってたけど、彼がそうなのか。よろしくな、巳城」

爽《さわ》やかな笑顔で手を差し出してくる早見先輩。

一見するとクールだが、どうやら親しみやすい性格らしい。

「よろしくお願いします」

ぎゅっと手を握ると、早見先輩は少し驚いたように目を見開いた。

「この手のひら……君、もしかして野球経験者？」

バットを振り込んでいる人間の手のひらは、特有のマメやゴツゴツ感があって分かりやすい。

早見先輩も握手だけで俺の野球歴を察したようだ。

「ええまあ。銀司とはシニアのチームメイトで」

野球部に入らなかったとはいえ、いまだに素振りをする習慣があるため、俺の手のひらからマメはなくなっていない。

「へえ……有村と同じシニアって言ったら結構な名門出身じゃないか。今からでもうちに入るなら歓迎するぞ」

「あはは。高校でまで野球漬けはしんどいかなって思ってまして」

俺は苦笑を浮かべて勧誘を受け流す。

「無駄ですよ。俺も何度かこいつ誘ってますけど、いつもスルーなんで。今は野球より大事なものもあるしな？」

銀司が茶化すように割って入る。

「やかましい。それより先輩、俺は何をやればいいですか？」

遠回しに碧のことをいじってくる銀司を一睨《ひとにら》みして黙らせると、都合の悪い話を終わらせて本題に入った。

「ああ、そうだった。君には主に会計監査を頼みたい」

と、生徒会長の頼みに、俺は少し驚いた。

「会計監査……ですか。体育祭なのに珍しい役職がありますね」

普通、体育祭の準備と言えば道具の用意や日程の調整、安全確認だと思うが、何故か俺の役割は会計監査。

即ち、監査がいるほどの予算を使うということだ。

「一年生なら知らないのは無理ないが、うちの体育祭では賞品が出る競技があるんだ。最後に行うトレジャーレースってやつでね」

「聞いたことない競技ですね。何をやるんですか？」

小首を傾げる俺に、生徒会長は楽しそうに説明をしてくれる。

「その名の通り、学校全体を使った宝探しさ。校内に複数の賞品を隠して、それを各クラス代表の生徒たちが探すんだ。そして見つけた数に応じてポイントがその生徒の所属するクラスに入る」

「なるほど」

見つけた数によって振れ幅があるのなら、終盤まで低い得点で終わったチームにも逆転の目が残る。

体育祭を最後まで盛り上げるための工夫なんだろう。

「ちなみに、賞品は実際に宝探しを行った代表者がもらうのが習わしだ。そして代表者は準備に参加した実行委員から選ばれる」

銀司が言ってた特典ってのはこのことか。

特定の生徒だけが得するのは揉《も》める原因になるが、体育祭の準備を頑張った人間が得する分には、そう不満も出ないということなのだろう。

「どんな賞品があるんです？」

どうせ学校の体育祭の賞品なんてたかが知れていると思い、たいして期待せずに訊ねる。

と、それに答えたのは何故か得意げな銀司だった。

「図書券や参考書、万年筆なんかがもらえたりするが……実はこの賞品、ジンクスがあってな」

「ジンクス？」

小首を傾げる俺に、銀司はにやりと笑って続ける。

「ああ。ここの賞品にはたまに、映画や遊園地なんかのペアチケットが出ることがあるんだ。それを使って気になる異性をデートに誘うと、必ずくっつくっていうジンクスだ」

「な、なに⁉」

唐突に現れた恋愛フラグに、俺は動揺を禁じ得ない。

銀司が言ってた特典の真の意味はこれか……！

「つまり、今年はペアチケットが……？」

恐る恐る訊ねると、銀司は不敵に笑って答えた。

「ふっ……今年は出ない」

「しばくぞテメエ！」

ここまで期待させておいて、なんたることだ。

思わず友人の胸倉を摑《つか》みかけるが、彼は俺を手で制してきた。

「お、落ち着け落ち着け！　現段階ではってことだ！」

その言葉に、俺はピタリと動きを止めた。

「考えてもみろ。その賞品の内容を決めるのが実行委員の活動だろ」

「た、確かに」

冷静さを取り戻した俺が銀司に迫るのをやめると、早見先輩が口を挟んだ。

「巳城。実行委員には必ず一人につき一つ体育祭をどうしたいかの要望を出してもらっている。それをなるべく叶《かな》える形で開催するのが俺の役目だ」

「要望、ですか」

俺は少し驚きながらその言葉を受け止めた。

そんな俺に、銀司がしたり顔でぽんと肩を叩《たた》いてくる。

「そう。というわけで陸、お前の意見でチケットをリクエストしちまえ。歴代のチケットもそうやって意中の相手がいる奴が要望したもんらしいし」

要望――要望か。

そう言われ、思考を巡らせる。

うちのクラスの代表として宝探しに参加するのは俺か銀司か碧、それかもう一人いるはずの女子の実行委員だろう。

ここで遊園地のチケットを差し込めば、俺と碧の関係を進展させるかもしれん。

手伝いをすることへの銀司なりの礼なのだろう、ナイスアシストだ。

けど——

「なら、体育祭の競技に、怪我をしていても参加できるものを増やしてください。特に、肩の怪我をしていても平気なものを」

俺の要望は、一つだけだった。

「陸……」

銀司が驚いたように目を見開いた。

碧は口にしなかったが、彼女が今回裏方に回ることを良しとしたのは、肩を怪我しているという点も大きいだろう。

表に立って楽しむことはできないから、せめて裏方として貢献したい。

そんな碧の感情が分からないほど俺は鈍くないし、馬鹿でもない。

「まあ、お前はそういう損な選択をする奴だよな」

俺の要望を聞いて、銀司は苦笑を浮かべてそう言った。

彼の言う通り、これは俺にとって最善の選択じゃない。

本当に碧を落とすつもりなら、ここはあえて碧に寂しい思いをさせるほうが得なのだ。

体育祭に参加できない寂しさを抱えた碧を、俺が慰めてやるのが最善なのだ。

けど――俺はそのやり方を選べない。

碧を悲しませてまで得る利益など、俺には必要ないから。

「悪いかよ」

ちょっと居心地の悪さを感じて彼を睨むが、銀司の表情は動かない。

「そりゃ悪いだろ。チャンスに見逃し三振してるんだぜ？」

「むぅ……」

銀司の正論に、俺は唸《うな》ることしかできなかった。

しかし、そんな俺を褒めるように、彼は微笑を浮かべる。

「けど、いい三振だったぜ」

そう言うと、銀司は早見先輩に向き直る。

「先輩、俺の要望ってまだ出してませんでしたよね。遊園地のチケットを宝探しの賞品に加えてください」

「銀司……」

友人の言葉に、今度は俺が頷《うなず》く。

早見先輩はそんな俺と銀司を見比べた後、何かを察したように肩を竦《すく》めた。

「いいだろう。生徒会長として二人の要望はきちんと受諾した。ちゃんと叶えてやるから安心するがいい」

さすが野球部主将にして生徒会長というか、器の大きいことを言ってくれる先輩。

——こういう人が主将なら、野球部で活動するのも楽しいんだろうな。

ふと、そんなことを思った。

「さて、じゃあ意見をもらうのはここまでだ。ここからはきちんと作業してもらわないとな？　二人とも、頼んだぞ」

パンと手を叩いて区切りを付けると、そんな指示を出してくる先輩。

「分かりました」

「了解っす」

俺と銀司は頷くと、それぞれ先輩の指示の下、動き始めるのだった。


それから、俺たちはひたすら作業を続け、最終下校時刻を知らせるチャイムが鳴ってから学校を出た。

自転車通学の銀司とは校門で別れ、いつも通り碧と二人での帰り道になる。

「五月って言っても、まだまだ暗くなるの早いねー」

すっかり太陽の沈んだ西の空を見ながら、隣を歩く碧が呟《つぶや》いた。

「そうだな。暗くなると危ないから、準備期間はずっと一緒に帰ろう」

こうも暗いと、女子の一人歩きは心配である。

「陸は心配性だなあ」

俺の提案に、碧はくすぐったそうな顔をして笑った。

そのリアクションに、俺はじとっとした視線を返す。

「そりゃ碧は自分の可愛さに無頓着《むとんちゃく》だからな、その分俺が心配もするさ。周りが自分をどう見るかもうちょい考えたほうがいいぞ」

碧の無防備さと、俺の気持ちに気付かない鈍感さへの非難を混ぜて告げると、碧は途端に挙動不審になった。

「か、可愛いってそんな……あの、気を付けます」

真っ赤になりながら、消え入りそうな声で答える碧。

そこで俺も自分が割と攻めたことを言っているのに気付き、なんか急に恥ずかしくなってしまった。

いや、本心なんだけど……本心だからこそ恥ずかしいというかね？

「…………」

「…………」

お互い、なんとも言えない沈黙が訪れる。

「そ、そういえば、さーやちゃんもうちのクラスの実行委員だったんだよ」

気恥ずかしい空気を変えるためか、碧が無理やり新たな話題を繰り出してきた。

「二条が？　そうだったのか」

体育祭の実行委員は生徒会からの指名になるため、自分のクラスの担当が誰なのか、一般生徒はあまり知らなかったりする。

「けどそうか。それなら碧もやりやすいな」

全く初対面の生徒とやるよりはいいだろうと、俺は少し安心した。

「そうだね。知らない人ばっかりだったらどうしようかと思ったよ」

「銀司もいるし、身内で固まった感あるな……と、それで思い出した。碧、トレジャーレースのこと聞いたか？」

今日聞いたばかりの話を振ると、碧の顔がパッと明るくなった。

「うん、聞いた。なんか恋愛絡みのジンクスもあるんだってね」

どうやら碧も一条からこの体育祭にまつわるあれこれを聞いていたらしい。

「さーやちゃんは忌いから出る気ないって言ってたけど、そっちはどう？」

「銀司も過労死寸前だから今回はパスするってさ」

「ってことは私か陸、どっちかが出る感じになるのかな？　陸は出たい？」

なかなか複雑なところである。

個人的には遊園地チケットを手に入れるために参加したいところだが、トレジャーレースは怪我を抱えた碧が楽しめる数少ない競技の一つだ。

碧が出て遊園地のチケットを獲得した上、俺のことを誘ってくれるとなれば最高のシナリオなのだが、もしも違う男を誘ったりしたら一気にバッドエンドに傾く。

「くっ……難しいな」

眉間《みけん》に皺《しわ》を寄せて苦悩する俺に、碧は困惑の表情を見せる。

「そんなに悩む？」

「ああ。場合によっては俺の人生のシナリオが変わるからな」

「そんなに⁉　そこまでの賞品は出ないはずだけど！」

碧にとってはそうかもしれないが、俺にとっては大事な問題です。

とはいえ、碧が楽しんでくれることを優先すると言った以上、俺の欲を優先することはナシだろう。

「ま、碧が出たいなら俺はパスするってくらいの気持ちかな。どうする？」

碧にボールを投げてみると、彼女は少し悩む様子を見せた。

「うーん……できれば出たいけど、当日になって肩の調子が悪かったら困るからなあ。さーやちゃんたちの気も変わるかもしれないし、今決めるものじゃないかも」

「そうだな。一回、ちゃんと四人で話し合うか」

碧の冷静な意見に、俺も同意する。

候補者は俺たちだけではないのだ。この場の話し合いで決める必要もない。

「あ、そうだ。ねえ陸。私たちさ、どっちが参加しても賞品は二人で分け合わない？　そのほうがきっとお得だし、楽しいよ」

ふと、碧がさっきとは違う方向性を示してきた。

「俺と二人で？　えと、全部の賞品か？」

それってもちろん、遊園地のチケットも含むんだよな……？

「うん！　二人で分け合えるものは全部だね」

さらりと頷く碧。

ジンクスを知った上で、俺のことを誘ってくれてる。

これは期待していいんだよな……⁉

「陸が嫌ならいいけど……」

考え込む俺の様子を不安に思ったのか、碧が申し出を下げてしまいそうになる。

「嫌じゃない！　俺もそうしたいと思ってたし！」

なんという棚からぼた餅《もち》。

まさか向こうから誘ってくれるなんて！

「いやあ、楽しみだなあ！　体育祭」

「本当にね」

浮かれ気分で本番を心待ちする俺に、碧も同意してくれる。

「ところでさー、陸」

隣に並んだ碧は、笑顔のまま俺の名前を呼んだ。

「ん、どうした？」

俺もまた体育祭……というより、その後のイベントを考えて浮かれながら答えた。

「賞品って、何がもらえるのかな？」

「え」

一瞬、俺は硬直するように立ち止まってしまった。

「わ、どうしたの？　陸。急に立ち止まって」

不思議そうに小首を傾げる碧だが、そんな彼女の言葉も俺の頭には入ってこない。

碧はなんの賞品をもらえるのか知らなかった……？

つまり、さっきの誘いは何の他意もなく、純粋に俺と賞品を分け合おうという提案？

ということは！……一人はしゃいでいた俺はいったい。

「恥ずっ！」

急に羞恥心《しゅうちしん》がこみ上げてきて、思わず手で顔を覆う。

いや、確かに考えてみればそうだ。

銀司が遊園地のチケットをリクエストしたのはついさっき。ジンクスについては知っていても、今回チケットが出ることを知らなくても不思議じゃない。

それなのに俺ときたら……ぬあああああああ！

「陸？　どうしたの？」

「な、なんでもない！」

そう、なんでもないのに一人ではしゃいでいた恥ずかしい男なのである。

「そっか。話戻るけど、賞品って何がもらえるんだろうね。陸、知ってる？」

「シラナイデス」

そう。知ってこあのはしゃぎっぷりをかましたのがバレたら、俺は死ねる。

「えー、怪しいなあ。銀司君あたりに聞いたんじゃないの？」

こういう時に親友とは厄介なもので、俺の僅《わず》かな変化からあっさり嘘を見抜いてきた。

「いやほんとだって。ええっと、そう！　ほら現役で部活やってる生徒も結構出るらしくてさ！　ちょっとこれは賞品取るの無理だなーって思って、ちゃんと聞いてなかったんだ！」

苦しいながらも、なんとかそれっぽい言い訳を思いつく。

「ああ、そういえば部活の上下関係で実行委員になった人多いもんね」

「そうそう！　だからこれは引退勢には無理だなーと」

「そうなんだ。ふーん……むぅ」

俺の説明に、一応は納得してくれたらしい碧。

だけど、なんか機嫌悪そうに頬を膨らませていた。

「あ、碧？　どうしたんだ？」

「べっつにー。けど、陸はやる気なかったんだー。私はどっちかが活躍できたら嬉《うれ》しいなって思ってたのに」

「いやそれは……」

得意のスポーツイベントでやる気に満ちた碧にとって、俺の態度は失望に値するものだったらしい。

どう弁解したものかと悩んでいると、碧はふいっとそっぽを向いてしまった。

「陸。やっぱさっきの賞品山分けの話はなしね。やる気のない人と山分けするつもりはありません」

「な、なんだと！……⁉」

なんてこった。

どっちかが遊園地チケットを獲得したら、そのまま自然ともう片方を誘うような流れができていたのに、俺のミスによって一気に瓦解《がかい》してしまった。なんという間抜け《ボーンヘッド》。

「そ、そこをなんとかならないですかね？」

「なりませーん」

小走りで近づいていくも、碧は俺を拒絶するように後ろを向いてしまった。

う……これは賞品うんぬんよりも、まずは目の前の碧の機嫌を取ることに集中したほうがいいかもしれん。

「分かった。分かりました。もしも出場した場合は頑張って活躍しますから、機嫌直してください」

碧の正面に回り込み、今度は両手を合わせて拝んでみると、そこでようやく彼女の態度が軟化した。

「……本当に？」

「本当に」

頷《うなず》くと、碧はまだ唇を尖《とが》らせたまま俺の顔を上目遣いで睨《にら》んできた。

「じゃあもし陸が出場したとして、そこで賞品獲得できなかったらどうする？」

「碧ちゃんの言うことをなんでも聞きます」

純度百％の安請け合いである。

もちろん、こう言っても碧ならそんな無茶なこと言わないだろうという信頼関係ありきの言葉だが。

「な、なんでも……なんでも言うことを……」

が、碧は妙に顔を赤くしながら、そわそわと目を逸らした。

あれ、なんか不安になってきたぞ。早まったかもしれん。

「そ、その代わり！　もし俺が一等を取ったら碧が罰ゲームだからな！　俺だけ罰ゲームあるとかフェアじゃないし！」

やっぱり条件を変えようと思った俺は、そんな条件を碧に出す。

これで碧がビビってくれれば、それに乗じて「それならもう少し違う条件にしよう」と言い出すことができる。

さあ、碧の反応はどうだ！

「わ、私も⁉　えっと……うん、いいよ」

だが、碧は恥ずかしげに俯《うつむ》きながら、俺の提案を受け入れてしまった。

「え……い、いいの？」

予想外の展開に、俺のほうが動揺してしまう。

「うん……陸なら、そんな無茶なこと言わないだろうし……」

と言いつつも　やっぱりちょっと恥ずかしそうな碧。

そのやたら可愛い様子を見て、俺の中で瞬間的に様々な妄想が駆け巡った。

……いやいやいや、さすがになんでもって言っても、そんなことは命令できないし！

「わ、分かった。じゃあ、それで……」

結局、色んな可能性、ロマン、夢に負けた俺は、ほとんど反論することもなくこの条件を了承してしまう。

「…………」

「…………」

お互いに今後の皮算用をしているのか、妙な沈黙が下りた。

「ま、まあ銀司たちが出るかもしれないしな！　その時はどっちも罰ゲームなしで！」

「そ、そうだね」

一足早く我に返った俺がそう話を終わらせると、碧も赤い顔のままぎこちなく頷いた。

それからしばらく、俺たちはものすごく上の空な会話をしつつ下校するのだった。

四回裏 ▼▼▼ やはりジンクスに負ける二人。

体育祭実行委員となってから数日。

私と陸は放課後になると、それぞれ体育祭の準備に向かうのが日課になっていた。

今日も終業のチャイムが鳴るなり立ち上がり、二人揃《そろ》って教室を後にする。

「行こうか」

「うん」

陸の言葉に自然と頷き、二人並んで廊下を歩く。

「陸は今日、どんな作業なの？」

「事務室に置いてある機材の搬入。なんか撮影用のドローンとか使うらしいぞ」

彼の言葉に、私はちょっと驚いた。

「ドローンって……そんなものまで持ち出すんだ。なんのために？」

賞品が出ることといい、うちの体育祭って割と大規模だよね。

「ＹｏｕＴｕｂｅで一般非公開アカウント作って、保護者向けのライブ配信をするんだってさ」

「へー、思い切ったことするね。配信なんて」

関係者しか見られないようになっているとはいえ、高校の体育祭をネットで配信なんて。

まあうちの学校は保護者が観戦に来られないシステムだから、こういう形で子供の活躍を確認できるのはいいのかもしれない。

「あと楽しそうなところだけ編集して、近隣の中学校に配るんだと。受験生用のＰＲ映像だな」

「ああ、なるほど」

思わず苦笑を浮かべた。

少子化で子供の数が減り続ける昨今、学校も生徒数の確保に躍起なのだろう。

「碧は何やるんだ？」

私が一人納得していると、陸がこっちを見て訊《たず》ね返してきた。

「なんか女子を仕切っている生徒会の副会長さんと顔合わせだって」

そう告げると、陸は少し意外そうな顔をした。

「なんだ、そっちはまだ生徒会の人と会ってなかったのか」

「うん。なんでも協賛に入ってくれた地元の企業に挨拶回《あいさつまわ》りしてたんだとか」

賞品の出所である地元企業への挨拶回りは、うちの副会長が行っているらしい。

その関係で、私のような新入りはまだ副会長との面会が済んでいなかったのだ。

「とりあえずさーやちゃんは面識あるから、一緒に行って紹介してもらう手筈《てはず》になってる」

女子は作業の種類毎にいくつかのグループに分かれて動いている。

私はさーやちゃんや副会長と同じグループに割り振られたため、紹介の時間を取ってもらえることになったのだ。

「なるほど。じゃ、二条のこと待たなくてよかったのか？」

気にするように、陸が教室のほうを振り返る。

「うん。一回部室に顔出してから来るって言ってたから。私だけ先に生徒会室行って待ってることにしたの」

そう答えたところで、階段の前までやってきた。

生徒会室は三階だから上り、事務室は一階のため下りる。

「じゃ、気を付けてな。今日も終わったら送っていくから連絡くれ」

そう言いながら、階段を下り始める陸。

「うん、分かった。陸も頑張ってね」

ひらひらと手を振り、去って行く陸を笑顔で見送る。

そしてその背中が踊り場の向こうに消えた途端、私は深々と息を吐いた。

「緊張したあ……！」

今まで押さえつけていた緊張が吹き出し、心臓の鼓動が速まる。

先日、トレジャーレースで陸が一等を獲得したら何でも言うことを聞くという約束を交わして以降、陸と二人になると妙に意識してしまい、困っていた。

「ついあんな約束しちゃったけどさぁ……」

陸に罰ゲームを執行する時、何をさせよう……っていうか、私が罰ゲームを受ける側になった時、何を要求されちゃうのだろうか。

陸だからそんな変なことは言ってこないだろうけど……どうなることか。

とりあえず私が出場してしまえば、陸からの罰ゲームは完全阻止できるけど……それはそれで惜しいような。

こう、これで陸が私との関係を進展させるような要求をしてくれれば、それが私的にベストな展開な気がする。都合のいい妄想だが。

「うむ……そんなことじゃいけないのに」

陸は私が怪我で参加できる競技が限られていることを、きっと気にしている。

だからこそ、出られる競技にはなるべく出て、楽しんでいる姿を陸に見せなければ。

それが心配してくれる陸への感謝であり誠意だ。

「けど……けど……！」

そこから上手く関係を進展させる自信がない。いったい、どうすれば……！

「お、碧じゃん」

私が悩み、一人悶《もだ》えていると、不意に後ろからぽんと肩を叩《たた》かれた。

「ひゃい⁉」

ちょっと邪なことを考えていた私は、思わず飛び上がって後ろを見た。

そこには、どこか呆《あき》れたような表情のさーやちゃんが。

「……何をこんなところで百面相やってるんだ、お前は」

「さ、さーやちゃん……驚かせないでよ、もう」

ほっと胸を撫《な》で下《お》ろし、友人に向き直ると、さーやちゃんは白い目でこっちを見てきた。

「こっちの台詞《せりふ》だ。先に生徒会室に行ってるんじゃなかったのか？」

どうやら、私が一人悩んでいる間に結構な時間が経ってしまっていたらしい。

「あはは……今から行こうと思ってたところ。ほら、一緒に行こう」

曖昧《あいまい》な笑みで誤魔化し、二人で生徒会室に向かう。

「ふーん……まあいいが」

どこか釈然としない様子ながらも、私に付いてきてくれるさーやちゃん。

二人で三階に上がり、廊下の一番奥にある生徒会室の扉をノックする。

が、室内からの返事はなかった。

「誰もいないみたいだね」

「みんな準備で出払ってるんだろ。先に入ってろって言われたし、中で待ってよう」

副会長から預かっていたのか、さーやちゃんは生徒会室の鍵《かぎ》を使って扉を開けた。

四角形に向かい合った簡素な長机と、パイプ椅子が並んだ空間。

「し、失礼しまーす」

主人不在の部屋に入ることに妙な後ろめたさと緊張感を覚えながら、私は恐る恐る入室した。

「適当なところに座ってるといいさ」

一方、さーやちゃんは我が物顔で部屋に踏み込むと、ポットと急須《きゅうす》を使ってお茶を淹れ始めた。

「実家のように振る舞うね、さーやちゃん。ここに来るの慣れてるの？」

「まあね。副会長にはたまに雑用を手伝わされるし。おかげで体育祭の実行委員にまで引っ張り出された」

実行委員は本意ではなかったのか、さーやちゃんは二つの湯飲みにお茶を注ぎながら顔をしかめた。

「ほい」

そうして、私の前にお茶を置くと、さーやちゃんは隣に座った。

「ありがと。随分と副会長と仲いいみたいだけど、前からの知り合いなの？」

不思議に思って訊ねると、さーやちゃんはお茶に息を吹きかけながら答える。

「ああ。なんせソフト部の部長だからな」

「え……」

その言葉に、どくんと心臓が軽く跳ねる。

と、その時、タイミングを見計らったように生徒会室のドアが開いた。

「失礼しまーす。お、もう来てたんだ、沙也香」

現れたのは、ボブカットの女子生徒。

顔立ちは大人っぽい美人なのに、気さくな表情のせいで少しだけ幼く見える。

「遅いですよ、部長。人呼び出しといて待たせないでください」

さーやちゃんの言葉に、ボブカットの女子生徒は苦笑した。

「いやあ、ごめんね？　つい忙しくて……クラスメイトとのお喋《しゃべ》りが」

そんな先輩に、さーやちゃんは冷めた目を向ける。

「なら仕方ないですね。部内では慕われてないし、せめて教室くらいは楽しんでください」

「慕われてるし！　適当なこと言わないで」

「失礼。慕ってないのは私だけでしたね」

「そうなの⁉　慕ってよ！」

「後ろ向きに善処します」

さーやちゃん……上級生相手にも容赦ないなあ。

先輩もそれを許しているようだし、この二人には単なる先輩後輩以上の関係があるのだろう。

と、そこでボブカットの先輩の視線がこちらに向いた。

「是非とも前を向いて欲しいんだけど……まあ、それは置いといて、彼女が有村君に呼ばれたっていう子？」

「そうなりますね。碧、自己紹介」

さーやちゃんに促されて、私は慌てて立ち上がった。

「さ、西園寺碧です」

自己紹介とともに会釈をすると、目の前の先輩は気さくに手を差し出してきた。

「ソフト部部長兼生徒会副会長、及川夏帆《おいかわかほ》です。よろしくね、西園寺さん」

「よろしくお願いします」

手を握ると、及川先輩はにこっと笑いかけてくれた。

そして私たちと向かい合うように席に座る。

「沙也香、私の分のお茶もお願い」

「はいはい」

小間使いにされたさーやちゃんは、仏頂面ながらも従順に動く。

それを一瞥《いちべつ》してから、及川先輩はこちらを向いた。

「改めて、今回はお手伝いありがとうね。西園寺さん」

「いいえ、私も楽しんでますので」

「そう？　ならよかった。いやあ、ようやく素直で可愛い後輩が出来て嬉《うれ》しいよ」

明るく、フレンドリーな及川先輩。

しかし、なんとなく私は落ち着かない気分のままだった。

「そういえば肩を怪我してるって聞いたけど、大丈夫？　仕事中でも痛くなったら遠慮なく言ってね」

「ありがとうございます。今のところ平気ですので」

そう答えたところで、さーやちゃんが先輩の前にお茶を置いて、私の隣に座る。

「そうだ。碧ってまだ体育祭の要望出してなかったよな。どうするんだ？」

「要望？」

さーやちゃんの言葉に、私は小首を傾げる。

と、彼女は少し眉根《まゆね》を寄せた。

「む……しまった。どうせ部長と会うのはまだ先だろうって思って説明するの忘れてたな。実行委員は一つ、体育祭に関する要望を出せるんだ。競技の内容とか、トレジャーレースの賞品とか」

「トレジャーレース……」

それを聞いて、私はじっと考え込む。

ちらりと先輩の顔を見ると、及川先輩はにこっと笑った。

「うん、なんでも言ってよ。生徒会として、できる限り応えるから」

その言葉に、私は少し甘えてみることにした。

「そ、それじゃ遠慮なく」

この話を聞いた瞬間、私の脳裏には是非とも叶《かな》えてもらいたい要望がよぎった。

それは少し前に小耳に挟んだ、ペアチケットに関する例のジンクス。

停滞気味な私の恋愛を進展させるチャンスである……！

「トレジャーレースに、映画でも遊園地でもいいんですけど……ペアチケットを一つ追加していただければと」

ちょっと照れ臭くなりながらそう告げると、途端に先輩の瞳《ひとみ》がきらりと輝いた。

「ほう……それは例のジンクスってことだね？」

「ま、まあ」

半ば自分の恋愛事情を暴露したという恥ずかしさに、私は視線を逸らす。

先輩も、さすがに初対面の人間の恋愛事情を根掘り葉掘り聞くような真似はしなかったが、楽しそうにニヤニヤ笑っていた。

「ふふ、いやあ微笑ましいなあ。応援したくなっちゃう」

恥を忍んで頼んだ甲斐《かい》あってか、先輩からは前向きな反応を引き出せた。

反射的に、私は身を乗り出す。

「じゃ、じゃあチケットは」

「あ、それは無理」

スパッと断られ、私は思わずガクッとこけそうになった。

「応援したくなっちゃうって言ったのに……」

私の恨み言に、先輩は飄々《ひょうひょう》とした態度で肩を竦《すく》めた。

「それがね、チケットの要望ってもう出てるんだ。確か一年生の男子で出した子がいたって話でさ」

「え……」

一年生の男子……そ、それってもしかして。

「というわけで、西園寺さんが要望するまでもなくチケットに関しては願いが叶ってるってこと。ペアチケット系は目玉だから一年に一セットまでだし、他のお願いにしてくれる？」

「は、はい」

まさか陸が……いや、それは先走りしすぎかな。

どっちにしろ、これはすごいチャンスだ。

あとはこのチケットを使って陸を自然に誘えばいいだけ。

たとえば、どっちがトレジャーレースに参加しても、賞品を山分けしようとか言えば……自然と……。

「あれ……？」

そんな皮算用をしている途中で、ふと先日のやりとりを思い出した。

『陸。やっぱさっきの賞品山分けの話はなしね。やる気のない人と山分けするつもりはありません』

「や、やらかしたー!?」

自分のタイムリーエラーに気付いた私は、頭を抱えて叫ぶ。

「さ、西園寺さん？　どうしたの？」

「あ、気にしないでください。碧はたまにこうなる子なので。放っておけば戻ってきます」

「そ、そうなの？」

そんな先輩とさーやちゃんのやりとりも右から左に抜けていく。

恋愛進展チャンスを自分から逃してるんだけど！

あの時点で知っていれば、こんな失策しなかったのに！

あの時点で、どうしてあの時点で……！

「…………」

あの時点で……陸は知っていたのだろうか？

知った上で私の提案を一回受けたのだろうか？

気になる。すごく気になる。

「先輩。ペアチケットの申し出があったのって、いつだったか分かります？」

「あ、本当に戻ってきた……ええと、確か私が挨拶回《あいさつまわ》りしてる最中だったから……そうだ、ちょうど西園寺さんたちが手伝いに参加し始めた日だったはず」

ということは、やはり陸の可能性がある……！

「ええと、それで西園寺さんは他の要望とかある？」

遠慮がちに訊《たず》ねられて、私は思考を切り替えるように首を横に振った。

「い、いえ。とりあえず保留でお願いします」

いけない。これ以上、この話を続けていたら、真相が気になって作業に全く集中できなくなる。

「よし、お仕事しましょう！　何やればいいですか？」

そして私は、いっそ疑問を忘れようと仕事に集中することにしたのだった。

「それじゃ、ドローンに付けるカメラのチェックから始めようか」

先輩は部屋の隅から小型カメラの入った段ボールを取り出し、私たちに見せる。

「任せてください」

そうして悩みをかき消すように、私は仕事をするのだった。

その後、さーやちゃんや副会長と一緒に作業を進めた後、昇降口で陸と待ち合わせして家に帰ることに。

普段は途中で別れるのだが、体育祭の準備が始まってからは毎日私の家の前まで送ってくれている。

実行委員になってよかったと思えることの一つだ。

「へー、副会長ってソフト部の部長だったんだ。うちの会長も野球部の主将だぞ」

隣を歩く陸が、驚いたように相槌《あいづち》を打った。

「そうだったんだ。だから銀司君も実行委員になってたんだね」

なんとなく友人たちの事情が見えてくる。部活の上下関係というのも大変なものだ。

「つーか野球部組、作業終わってから普通に練習するんだってよ。そりゃ銀司も死にかけるわ。俺もう絶対無理だわ」

陸は呆《あき》れ半分感心半分という様子でそう零した。

「まあ甲子園行く高校はそのくらい平気でやるって言うしね」

そう相槌を打ってから、ふと昔のことを思い出した。

「陸も昔は甲子園に行くって猛練習してたのにねえ。今じゃ随分と鈍ってるようで」

まだお互い現役だった頃の話である。

陸は毎日泥だらけになるまでノックを受けたり、手の皮が剝《む》けるまで素振りをしたりと、それはそれは模範的な野球少年だった。

それを思い出してからかうと、陸は渋面を作る。

「いやあ、あの頃は俺も若かった。今もう無理だわ。素振りはともかくノックとか絶対耐えられないし」

「腑抜《ふぬ》けたなあ」

隠居したおじいちゃんみたいなことを言う陸に、思わず苦笑してしまう。

まあ、おかげで私は助かったんだけど。

ソフトボールを辞めて、やりたいことがなくなった私にとって、陸が一緒にいてくれるというのはすごく大きな支えだった。

ただ……たまに少しだけ、考えることがある。

陸は本当に野球に興味をなくしたのだろうか、と。

ソフトボールができなくなった私に付き合うため、本当はやりたかった野球を諦《あきら》めたんじゃないかって……そんな疑問が昔からあって、だけど怖くて聞けないのだ。

口にしてしまった瞬間、何かが壊れるような気がして。

「碧？　どうしたんだ？」

考え事をしているうちに思いのほか深刻な表情になっていたのか、陸が心配そうに私の顔を覗《のぞ》き込んできた。

「な、なんでもないよ」

ぎこちなく笑って誤魔化すが、相手は五年来の親友、それが通じる相手じゃない。

「本当かぁ？　なんか気になることでもあるんじゃねえの？」

じとっとした目でこちらの腹を探ってくる陸に、私はちょっと追い詰められてしまう。

「そ、それは……！あ、そうだ。体育祭でチケットが出るって話を……聞いて……」

誤魔化すためにひねり出した話題は、今最高にホットな地雷だった。

途中でそう気付いたものの、一度口にした言葉は消えてくれない。

おかげで、一度はかき消した疑問が再び湧いてくる。

陸はチケットの存在を知った上で賞品山分けに同意したのか否か。

いや、そもそも陸がチケットの要望を出したのか否か。

聞きたい。聞くべきだ。

勇気を出すのだ、私！

「あのさ……トレジャーレース、男子のほうから遊園地チケットの要望が出たって聞いたんだけど、あれって誰が出したの？」

勇気を振り絞り、私は問いかけた。

これで陸が自分だと言ってくれたら、私は勢いに乗って告白までいけるかもしれない。だって絶対他の子を誘うとかない状況だし！　山分けに乗ったってことはチケットも私と分け合うつもりだったってことだし！

そんな期待の籠《こ》もった私の問いかけは――

「ああ、あれは銀司がリクエストしたんだ」

――あっさりと爆死したのだった。

「そ、そうなんだ……」

がっくりと項垂れる私。

つまり、あの時乗ったのは何の他意もなく、純粋に私と賞品を分け合おうとしたから？

ということは……一人はしゃいでいた私はいったい。

「恥ずっ！」

急に羞恥心《しゅうちしん》がこみ上げてきて、思わず手で顔を覆う。

「碧？　どうしたんだ？」

「な、なんでもない！」

そう、なんでもないのに一人ではしゃいでいた恥ずかしい女なのである。

ま、まあいいや。

陸の気持ちに確信を持てなくなったのは痛いけど、元々自分から勇気を出して誘うつもりだったし！

「陸、私やっぱりトレジャーレース出るよ」

そう申し出ると、陸の顔がパッと明るくなった。

「そっか。碧が乗り気になってくれたのならよかった。銀司と二条には俺から話しておくよ」

私が体育祭を前向きにエンジョイしようとしていると思ったのか、陸が我が事のように嬉《うれ》しそうな笑みを浮かべた。

「う、うん。楽しみだよ」

言えない……下心百％でやる気を出したなんて、とても。

「いやあ、俺も楽しみだな、体育祭」

「そ、そうだね」

体育祭に思いを馳《は》せる親友を尻目《しりめ》に、私は少しだけ後ろめたい気持ちを抱くのだった。

五回表 ▼▼▼ 今の自分と昔の夢。

赤くカラーリングされたドローンが、グラウンドの上空を舞う。

「おお、器用に飛ぶもんだなあ」

初めて間近で見たドローンの飛行に、俺は感嘆の声を上げた。

「おーい、陸。動画のほうはどうだ？」

少し離れたところでリモコンを操る銀司が、ドローンを見上げたままこっちに声を掛けてくる。

手元のタブレットPCに目を落とすと、ドローンに取り付けられたカメラの動画が画面に映るのだが……どうにも見づらい。

「駄目だ、ブレてる。これじゃ画面酔いするぞ」

「そうか。風があると難しいな……もうちょい高度を落とすか」

銀司は試行錯誤しながら、ドローン操縦の練習を続ける。

今日の俺たちの作業は、体育祭で使うドローンカメラの練習及び撮影スポットの調査だ。

銀司がドローンを操縦し、俺が映像チェックするという流れだ。

会計監査とはなんだったのかという感じではあるが、どこも人手不足なので仕方ないと言えば仕方ない。

「陸、これでどうだ？」

「お、今度はいい感じだ。ちゃんと撮れてる。Ｙｏｕｔｕｂｅのほうは……うん、ちゃんと配信できてるな」

俺はスマホを起動し、体育祭用のチャンネルにアクセスした。

一般非公開で作った体育祭チャンネルに、学校関係者と保護者だけを招待して観戦してもらうのが今年の体育祭のやり方らしい。

特に配信は前例のないことなので、念入りに確認しなければならない。

「ライブ配信は成功。映像も綺麗《きれい》。あとは……うん、アーカイブも残ってるな。よし、確認事項終わり。今日はここまでだな」

日も暮れてきたし、今日の予定を全て消化したところで作業終了を提案する。

「そうだな。じゃ、今日の作業はこれで終了ってことで」

銀司も満足したのか、軽く頷《うなず》いてドローンを降ろすなり、がしっと素手で摑《つか》んだ。

「おい、慎重に扱えよ。それ本番機体だし、結構いい値段するんだからな」

会計監査の仕事でドローンの値段を知った俺は、銀司の荒い手つきに冷や冷やする。

「おっと、悪い。こんなところで壊して、トレジャーレースの予算削られてもつまらないしな」

銀司も丁寧な手つきでドローンを持ち直すと、ケースにしまった。

「そういうことだ……と、それで思い出したわ。碧がトレジャーレースに出場したいって言ってるんだけど」

話の流れで相談を持ちかけると、銀司は特に嫌な顔をするでもなく頷いた。

「おー、いいんじゃね？　沙也香も乗り気じゃないし、碧ちゃんが出れば丸く収まる」

「今更なんだが、銀司は何か欲しい賞品ないのか？」

本当に今更の話だが、このチャンスを棒に振っていいのだろうか。

「別にねえなあ。チケットは豪華だけど、誘う相手もいないし、他の賞品は勉強関係ばっかだし、部活に青春捧《ささ》げちゃってる奴には割と縁がない賞品ばっかりなわけよ」

銀司はそう言って肩を竦《すく》めた。

「なるほどな。それで二条も興味ないのか」

「そういうことだな。それにもし出たくなったら、部活代表枠で出るから」

「む、なんだそりゃ。体育祭ってクラス対抗だろ？」

ふと、銀司から初耳な話が出た。

「トレジャーレースだけは部活枠があるんだよ。クラスの結果には関係ないんだけど、順位で部活の予算が変動するらしくてさ」

「なんでそんなシステムに……」

部活動と体育祭、全く関係ないものが結びつけられている妙な状況に、俺は首を傾げる。

すると、銀司は露骨に顔をしかめた。

「それがさあ……うちの部活組って、昔はかなり強い部多かったみたいでな。その時は体育祭も文化祭もスルーで部活動優先しまくってたわけよ」

「あー、そういえば十年くらい前に甲子園も出てたっけ？」

うちの野球部はいわゆる古豪というやつである。ついでにボクシングやバスケなど、全国に行った経験のある部活もそこそこあるらしい。

「そう。で、部活やってない生徒が割を食いまくってな。部活やってる生徒と対立しまくりだったらしい。それを教師たちが見かねたとかで」

「それでイベントごとに積極的に参加するように、そんなシステムにしたと？」

「ああ。実行委員に部員出さない部活は予算減、トレジャーレースに参加しなくても予算減。とにかく部活組が積極的に参加するように色々システム作ったわけよ」

「で、その結果、部活と準備の両立でお前が死にかけてると。結果的に生徒の負担だけ増やすとは、なかなかの負の遺産だな」

次世代というのは、常に先人たちの失敗を押しつけられるものらしい。酷い話だ。

「まあな。ちなみにそのシステムが出来た年に、野球部の部長がトレジャーレースでチケットを獲得して告白した結果、うまくいったとか。告白のジンクスはそこから始まったらしいぞ」

「マジかよ！　それは受け継ぐべき遺産《レガシー》にも程があるな！　先輩たち最高かよ！」

やっぱ先人って最高だわ。俺たちは多くの先人たちの積み重ねの上に成り立っている。

敬意を忘れてはならないのだ。

「なんだ、その熱い手のひら返し」

先輩たちへのリスペクトを隠そうとしない俺に、白い目を向ける銀司。

それで我に返った俺は、コホンと咳払《せきばら》いをして話を変える。

「ところで部活と言えば、銀司は今日もこれから練習するのか？」

「まあな。いやあ、しんどいったらないわ」

俺の問いかけに、銀司はげんなりした様子で答えた。

「現役は大変だな」

つい苦笑すると、銀司は恨めしそうな目で俺を見てきた。

「おのれ、引退勢め……今からでも野球部入らないか？」

「残念。俺はこれから予定があるんで」

さらっと流しながらスマホで碧に作業終了のメッセージを送ると、銀司の発する負のオーラが濃度を増した。

「なんだよー、予定ってどうせ碧ちゃんだろー？　どう足掻《あが》いても進展しないんだから、諦《あきら》めて俺と甲子園目指そうぜー」

「なんてことを！　進展するし！　させるし！」

こいつ相当疲れてやがるな。

これ以上、一緒にいたら銀司の負のオーラに当てられて、ただでさえ自信がない恋にネガティブな感情を持ち込んでしまいかねない。

さっさと退散しようと思っていると、スマホに碧からの返信が届いた。

『まだ作業残ってるから、もうちょっと待ってて。ごめんね』

「む……碧、もうちょっとかかりそうみたいだ」

ちょっと残念な気分で呟《つぶや》くと、それを聞いた銀司の目が怪しく輝いた。

「ほーう、なら時間あるみたいだな。よし、今日は野球部の練習に付き合え」

「おいおい、そう簡単に部外者が入れないだろ」

無茶苦茶な銀司の誘いに呆《あき》れた言葉を返すも、彼は不敵に笑った。

「問題ない。体育祭の準備組……つまり俺と早見先輩以外、練習試合に行ってるからな。うるさい監督もいないし、そもそも人数足りてない状況だから大歓迎だわ」

うーん、どうするか。

碧の手伝いに行ってもいいが、女子だらけの空間に割って入るのも気が引けるし、楽しくやってる中に水を差すことになるかもしれない。

それに、一回くらいは高校野球の練習を経験してみたい気持ちもある。

「まあ、少しなら」

悩んだ末、俺はそう答えた。

「おっしゃ、決まりだな！　じゃ、部室行こうぜ。予備のスパイクとミット貸してやる」

そう言って、部室のほうへ向かおうとする銀司。

「まずはドローンを片付けてからな」

先走る銀司に苦笑しながら、俺も歩き出すのだった。


その後、ジャージに着替えた俺は、部室でファーストミットとスパイクを借りてグラウンドに出る。

　俺たちが着替えている間に誰かが夜間用の照明を点灯したらしく、練習に必要な明かりは確保されていた。

「しかし、陸とこうしてキャッチボールするのも久しぶりだな」

　俺の投げたボールをキャッチしながら、そんなことを呟く銀司。

「そうだな。シニア引退して以来か」

　銀司は遊撃手《ショート》で俺は一塁手《ファースト》。

　同じチームでずっとやっていたが、まさか高校まで同じだとは思わなかったので、入学式で再会した時は驚いたものである。

「陸は引退試合終わったらすぐにチームに顔出さなくなったしなー。薄情者め」

　非難の気持ちを込めたのか、やや強い勢いで返球してくる銀司。

「受験だったんだから、しゃーないだろ」

　それに……その頃は碧が肩を壊したばかりで、一番大変な時期だった。

　シニアのチームメイトには申し訳ないが、なるべく碧の側にいることを優先したかったのである。

「ん、そこにいるのは有村と……巳城か？」

ふと、背後から声を掛けられる。

見れば、ユニフォームに着替えた早見先輩がグラウンドにやってくるところだった。

「お疲れ様です」

「お疲れっす」

俺と銀司が会釈すると、先輩は軽く手を上げて応えた。

「なんだ、有村の相手をしてくれてたのか。今日は人数いないからな、助かるよ」

ああ、誰が照明点けてくれたんだろうと不思議だったけど、早見先輩が先に来て点けてくれてたのか。

相当早く作業が終わっていたのか、先輩は既にウォーミングアップまで済んでいるらしく、投手用のグラブを付けてやる気満々な様子を見せた。

「有村、ちょっと打席立ってくれないか？　今日は練習試合に出られなかったし、ちょっと勝負したい気分なんだ」

どうやら先輩は投手らしい。

「了解っす……と、そうだ」

銀司は頷いてバットとヘルメットを取ったものの、途中で何か思いついたように笑うと、俺にバットを差し出してくる。

「先輩、せっかくですし陸と勝負しません？　こいつ、シニアで三番打ってたんすよ」

「へえ……あのチームで三番とはすごいな。確かに興味ある」

と、先輩のターゲットが銀司から俺へと移った。

「いやもう引退してますし、めっちゃ衰えてますよ」

期待値の高さに怖じ気づいた俺はそう予防線を張るが、先輩の闘志は萎《な》える気配がない。

「構わないさ。有村の言うとおり、せっかくの機会だしな。普段は勝負できない相手と勝負するのは刺激があるかもしれない」

「まあ、そこまで言うならいいですけど……期待しないでくださいね」

俺は銀司からバットとヘルメットを受け取ると、打席に立つ。

防具を着けた銀司が捕手兼審判として座り、マウンドには早見先輩が立った。

「じゃ、プレイボールってことで」

軽い調子で銀司が告げたコールで、俺はバットを構えた。

早見先輩も投球モーションに入り、ボールを投げてくる。

直球――速い。コースもいい。

俺が見送ったボールは、外角低めギリギリの場所に決まった。

「ストライク」

銀司が呟き、早見先輩に返球する。

二球目もまあ真っ直ぐだろうな。急造捕手の銀司に変化球捕らせるのは危ないし。

タイミングも軌道も摑《つか》んだ。次は打てる。

そう確信を持ったのと同時、早見先輩が二球目を投げてきた。

さっきと同じ軌道、タイミング――ドンピシャ！

強くスイングすると、金属バットは甲高い音を立ててボールを弾き返した。

が、結果はふんわりとしたセンターフライ。

「うげ、打ち上げちまったか」

渋い顔をして、俺は溜《た》め息《いき》を吐いた。

むぅ……やっぱりブランクを感じる。バッセンでいくら打ってても、人の投げる球は迫力が違う。

「おいおい、よく初対戦で先輩の球を外野まで飛ばしたな。陸、昔よりスイング鋭くなってないか？」

銀司が少し驚いたように呟いた。

「ま、素振りだけは引退してからもやりまくってたからな」

さらっと答える俺に、銀司は困惑の表情を見せる。

「えぇ……なんのためにさ」

「いやあ、恋愛絡みの悩みで眠れない夜が多くてさ。くたくたになるまで素振りすると、何も考えずにぐっすり眠れるんだよね」

おかげで現役時代より圧倒的に素振りの量増えたわ。なんならその辺の野球部員より圧倒的に振ってる自信あるからね。

「なんて悲しい事情の産物なんだ……」

が、事情を聞いた銀司は何故かちょっと憐《あわ》れむような目を俺に向けてきた。

「巳城、もう一回やろう！　有村、次は変化球も交ぜるからな！」

と、打席でこそこそ話していると、早見先輩がマウンドからそう声を掛けてきた。

「あ、やべ。お前が外野まで飛ばすから、先輩が本気になったじゃん。変化球とか投げられるの怖いんだけど」

慌てる銀司に、俺はバットを構えて笑ってみせた。

「任せろ。お前のところにボールが来る前に、俺が片想い不眠打法で打ち崩してやるわ」

「名前がダサすぎて頼もしさを感じない！」

そんなこんなで、俺たちはしばらく勝負に興じるのだった。

　その後、臨時捕手の銀司のギブアップによって俺と先輩の勝負は終わり、しばらく普通に練習してからその日は終わりとなった。

　俺は部室で制服に着替えながら、深々と溜め息を吐く。

「やっぱり高校の練習は結構ハードだったな。これ明日《あした》は身体バキバキだぞ」

　引退してから鈍った心身に、高校レベルの練習は堪える。

　これを毎日やりながら体育祭の準備をしている銀司と早見先輩は流石だ。

「そう言う割には結構付いてきてたじゃないか、巳城は。最初なのにここまでこなせるのはすごいぞ」

　早見先輩が少し感心したようにそう褒めてくれた。

「あざっす。毎日素振りをやってたおかげですね。やはり日々の積み重ねは裏切らないようで」

　先輩に褒められたことを内心で喜んでいると、銀司が茶化すように混ぜっ返してきた。

「まあ恋愛のほうでは五年積み重ねてるのに裏切られてるけどな。織田信長くらい裏切られてる」

「おい、誰の恋愛が本能寺だ！　そこまで炎上してねえよ！」

　失礼なことを言う友人を睨《にら》むも、銀司はどこ吹く風で着替えを終えていた。

「それよりお腹空かないか？　この後、時間あったら裏門前の牛丼屋に行こうと思うんだが」

一足先に着替えを終えた先輩が、そう誘ってくれる。

「賛成っす！　陸はどうする？　碧ちゃんから連絡は来た？」

言われて、俺はスマホを確認する。

が、碧からのメッセージはまだ来ていない。

「まだみたいだ。女子はだいぶ作業長引いてるなあ。そんなに大変なことやってるんですかね？」

ちょっと心配になって早見先輩に訊《たず》ねる。

と、先輩は納得したような表情を浮かべた。

「副会長、今年は挨拶回《あいさつまわ》り多かったからな。そのしわ寄せで作業の遅れが出ていると言っていた。それを見越して予めこっちで多めに作業引き取ってたんだが、もう一度調整したほうがいいかもな」

「賛成です。あんまり向こうに負担かけたくないんで」

俺が応じると、早見先輩も満足そうに頷《うなず》いた。

「よし。ともあれ、そういうのは全部明日からだ。疲れた頭で考えてもまとまるものもまとまらん。飯食いに行くぞ」

裏門前の牛丼屋なら、学校の敷地から徒歩五秒だ。

裏門から道一本挟んだ向かい側という立地のため、昼休みは牛丼屋までなら敷地から出てもセーフみたいな暗黙の了解もある。

なので、碧を待つ分にもあの場所なら問題ないだろう。

着替えを終えた俺たちは、裏門を出て牛丼屋に向かった。

「先輩、奢《おご》りですよね？」

カウンター席に着くなり、銀司が先輩にそんな要求をぶっ込む。

よく部活の先輩にそんなことぶっ込めるなと思っていると、案の定、早見先輩は後輩に白い目を向けた。

「調子に乗るな、アホ」

が、それくらいではへこたれないのが我が友人、銀司である。

「えー、急造捕手なのに必死で変化球まで捕った後輩を労う気持ちはないんですか？　あれ結構大変だったんですけどねえ」

さっき売ったばかりの恩をさっそく振りかざす男である。

世の中というのは不思議なもので、多少厚かましいくらいが可愛がられたりするものだ。

銀司はまさにその典型で、上級生相手の付き合いがやたら上手く、こういう要求をさらっと通すテクニックがある。

「しょうがないな……今日だけだぞ」

やはりというか、早見先輩も溜め息一つで銀司の無礼を許し、奢ることに同意した。

「あざっす！　さすが先輩、器が大きい」

「おべっかはいい。さっさと頼め。巳城も好きなの頼んでいいぞ、練習に付き合ってくれた礼だ」

どうやら俺もおこぼれに与れるらしい。銀司、ナイスだ。

「ありがとうございます。こっちこそ久しぶりに人の投げる球を打てて楽しかったですけどね」

バッセンもいいものだが、やはり人間相手の打撃は面白い。

単純に球の速い遅いだけじゃなく、駆け引きやミスがあるため、複雑な勝負が楽しめる。

「俺もだ。高一の春であそこまで打てれば立派なもんだ。まさか十二打席で三本もヒット性の当たりを打たれるとは思わなかった。一本は長打コースだったし」

と、気さくに話す先輩の言葉に、ちょっと引っかかる。

「え、ヒット三本でしたか？　六打席目のセンター返しもヒットだと思うんですけど」

打者の意地として抗議してみるものの、先輩も投手としての意地があるのか、首を縦には振らなかった。

「いやいや、あれはショートが捕れるだろ」

「でもショートが銀司だったら捕っても投げられないんで、あれは内野安打ですよ」

「失礼なこと言うな！　ちゃんと投げられるわ！」

俺の台詞《せりふ》が納得いかなかったのか、銀司まで参戦してくる。

が、俺の意見は変わらない。

「ああ、そういやよく無理して投げては悪送球しまくってたよな、お前。おかげで捕るの大変だったわ」

「確かに。有村は無理して投げる場面多いな、よくない癖だぞ」

俺の言葉に、早見先輩も深々と頷いた。

「急に団結してくるじゃん！　俺をなじる時だけ一体感出さないでくれます⁉」

「というわけで、六打席目は俺の内野安打から銀司の悪送球で二塁まで進んだってことで」

そう結論を出すと、早見先輩も渋い顔になった。

「一気に得点圏までいかれたか。ピンチだな……」

「架空のエラーが計上されてんだけど！　なに先輩も認めてるんですか！」

銀司の叫びを無視して話を進めていると、不意にスマホが着信音を奏でた。

「あ、俺です。ちょっとすみません」

スマホの画面を見ると、碧からの着信だった。

ようやく作業が終わったのかと思い、席を外して電話に出る。

「もしもし」

『あ、陸？　今大丈夫？』

ちらっとカウンター席を見ると、ちょうど出来上がった牛丼が配膳《はいぜん》されたところだった。

俺も話したいところだが、奢ってもらって長電話は失礼だよな。

「少しなら平気だけど、もうすぐ迎えに行くぞ？」

話があるなら電話越しより帰り道で直接話したほうがいいし。

と、その言い回しに違和感を覚えたのか、碧が少し怪訝《けげん》そうな声を出す。

『陸、今どこにいる？』

「裏門前の牛丼屋。練習に付き合ってくれた礼だって、野球部の先輩が奢ってくれてさ」

『……野球部の練習に出てたの？』

「ああ。銀司に頼まれちゃってな。おかげで明日は全身筋肉痛だわ」

苦笑交じりにそう答えると、不意に碧が沈黙した。

「碧？」

何かあったのかと思って名前を呼ぶと、碧は小さく吐息を零してから声を発した。

『あ、ごめん。もうすぐ作業終わるから、一応連絡入れとこうと思って。じゃ、また後でね』

唐突に声のトーンが明るくなる。

「お、おう」

その不自然さを追及する間もなく、碧は電話を切った。

「なんだったんだ……？」

小首を傾げながら席に戻ると、銀司が声を掛けてきた。

「碧ちゃんか？」

「あ、うん。作業終わったって。食べ終わったら迎えに行くよ」

どうせすぐ迎えに行くのだ。何かあるなら、帰り道で話せばいいか。

そう思い、頭を切り換えると、不意に早見先輩がこっちを見た。

「なあ巳城、ちょっといいか？」

「なんです？」

改まった口調で呼んでくる先輩に、俺も反射的に居住まいを正す。

そんな俺に、先輩は真っ直ぐな目を向けてきた。

「巳城さ、野球部に入らないか？」

「え……」

予想外の誘いに、俺は驚いて硬直した。

「今日の練習にも十分付いていけてたし、巳城も楽しそうだっただろ。このまま辞めるにはもったいないし、改めて野球部に入ってみたらどうだ？」

「それは……」

誘ってくれるのはありがたい。

久々にやった野球の練習は楽しかったし、早見先輩もいい人だ。

元々、野球が嫌いで辞めたわけではないし、そういう選択もありかもしれない。

だけど——

「ま、今すぐ決めろとは言わないさ。高校で野球を続けなかったのは、それなりの事情とか理由があるんだろうし。ただ、もし気が変わったら声を掛けてくれ」

黙り込む俺を見て何かを察したのか、早見先輩はそう言って時間を与えてくれた。

「……分かりました」

ここまで厚意で言ってくれてるのに、即座に断るのは失礼だ。

それに――俺ももう一度、自分の気持ちに向き合ういい機会になるかもしれない。

「少し、考えてみます」

そう思った俺は、静かに頷くのだった。

断章 ▼▼▼ 中学時代。

――暑い、熱い夏だった。

スタンドから聞こえてくる応援の声。視界が歪《ゆが》んで見えるほどの熱気。グラウンドに立つプレイヤーたちの情熱。

ピッチャーズリークルに立つ私は、その全てを背負っていた。

――肩が痛い。

「2アウトだよ！　ここ切って終わりにしよう！」

内野からチームメイトの声が響く。

――肩が痛い。

「シングルでいいからランナー返すよ！」

ベンチから相手チームの声も響く。

――肩が痛い。

「碧！　頼んだ！」

「任せて！　絶対抑えるから！」
嘘。本当は任せてほしいなんて思っていなかった。
だって肩が痛い。
ここで投げたら、もう二度とグラウンドには戻ってこられないかもしれない。
そう分かっていた。大会が始まる前から……分かっていた。
だけど──この熱さから逃げたくはなかった。
中学三年間の集大成を、果たさずに終えることなどできなかった。
一点差、最終回、２アウト満塁。
バッターボックスには相手の四番打者。まるでドラマみたいな展開である。
しかし、脅威は感じなかった。私はこの四番とは相性がいい。
２ストライクまで追い込めば、高めのライズボールを空振りしてくれるから。
そして、そのライズボールは私の得意球。
でも──肩が痛い。
「…………っ」
あとちょっとだけ保って。
せめてこの打者を打ち取るまで。

捕手のサインに頷《うなず》き、私は投球モーションに入った。

強く足を踏み込み、腕を回転させる。

そうして、ここしかないというタイミングでボールを投げようとして――。

――ミシッと、肩から何かが潰《つぶ》れる音が聞こえてきた。

五回裏 ▼▼▼ 昔の夢と今の自分。

「つーかーれーたー！」

生徒会室に、及川先輩の叫びが響く。

先輩はそのままぐったりと机に突っ伏すと、ストレスを体内から押し出すように溜《た》め息《いき》を吐いた。

「静かにしてください。こっちも作業してるんで」

それに対して、いつも通りの冷めた視線を送るのはさーやちゃんだ。

容赦のない一撃に、先輩は呻《うめ》く。

及川先輩との顔合わせから数日。

私とさーやちゃん、そして及川先輩は生徒会室で作業をすることが多くなった。

及川先輩もいい人で、私もそれなりにこの空間に馴染《なじ》んできた気がする。

のだが……。

「なによー。沙也香は疲れてないの？」

恨めしげな先輩の言葉に、さーやちゃんが渋面のまま応じる。

「疲れてますよ。体育祭の準備と子守りを両方やってるんですから」

「子守り⁉　どこに子供がいるのさ！」

「あ、ぐずってますね。そろそろおむつでも替えますか」

「今明らかに私のことを子供扱いしたよね⁉　私、沙也香の二個上なんだけど！」

「ええ、肉体年齢はそうですね」

「暗に精神年齢を下に見てるって自白したじゃん！　先輩だぞー！」

じたばたと手足を動かして抗議する及川先輩。

私もこの空間に馴染んできたつもりだけど、このやりとりには割って入れないなあ。

と、そんな目で二人の会話を傍観していると、及川先輩がこっちを見た。

「西園寺さん、ヘルプ！　うちの後輩が厳しいの！」

そんな傍観者を味方に付けようと画策したのか、先輩は私まで話に巻き込んできた。

「あはは……確かに仕事多いですよね。体育祭っていつもこうなんですか？」

とはいえ、さーやちゃんを敵に回すほどの度胸などあるはずなく、私は曖昧《あいまい》に笑って話の方向性をずらした。

「今年は私が挨拶回《あいさつまわ》りだったからねえ。その分、仕事の進みに支障が出てるっていうか」

及川先輩がちょっと申し訳なさそうに言う。

するると、さーやちゃんが納得したように頷いた。

「まあ部長は愛想だけはいいですからね。挨拶回りを任されるのも当然ですよ」

「愛想『だけ』ってどういうこと⁉」

「失礼しました。部長は外面だけはいいですからね」

「なんでもっと悪い表現に直したの⁉　それだとより失礼してるけど！」

先輩は完全に拗《す》ねたようで、唇を尖《とが》らせながらさーやちゃんを睨《にら》む。

「沙也香は先輩への敬意が足りないよね。私、これでも部長よ？　もっと尊敬して？」

すっかりむくれた先輩に、さーやちゃんは仕方なさそうに溜め息を吐いた。

「ちゃんとしてますよ。その証拠にほら、部長の仕事少しこっちでやっておきましたから。備品のチェック完了してます」

「え、マジ？」

後輩の有能っぷりに、先輩がきょとんとした顔を見せた。

「マジですよ。それに休憩用に部長が好きなお菓子、差し入れで持ってきたんで」

さーやちゃんは冷蔵庫を開けると、プリンを取り出して先輩の前に置いた。

「これは駅前の……！　わざわざ買ってきてくれたの⁉」

この気遣いに、さっきまで拗ねていた及川先輩も目を輝かせる。

「ええ。作業が長引くと思ったので、休憩用に」

「わーい！　沙也香好き！　愛してる！」

さらっと手のひらを返した及川先輩がさーやちゃんに抱きつく。

「暑苦しいです。離れてください」

さーやちゃんは迷惑そうな顔をしながらも、無理に引き剝《は》がすことはしなかった。

そして、ハグされたままこっちを見る。

「碧の分もあるから、そろそろ休憩にしようか」

「ほんと？　ありがとう。じゃあ私、紅茶淹れるね」

思わぬ知らせに、私は立ち上がって三人分のティーカップを用意する。

その時だった。ポケットの中のスマホに、陸からメッセージが届いた。

『こっちは作業終わった。そっちはどうだ？』

どうやら野球部の作業はこっちより順調に進んでいるらしい。

『まだ作業残ってるから、もうちょっと待ってて。ごめんね』

私はそれだけ返すと、再び紅茶を淹れる準備に取りかかるのだった。

「うーん……やっぱり一人じゃ手が足りないかも？」

休憩中、及川先輩がＰＣの画面を見ながら唸《うな》った。

休憩と言いながらも、先輩はプリンに手を付けず、ノートＰＣとの睨めっこを続けている。よほど時間がないらしい。

「部長、最近一人で何の仕事してるんですか？」

さーやちゃんが怪訝《けげん》な顔で訊《たず》ねる。

「んー？　トレジャーレースの賞品の隠し場所と、そのヒントの作成。これぱっかりは外部に漏れちゃいけないから、関わる人数増やせないのよねー」

先輩はくるくるとスプーンを回しながら溜め息を吐く。

最近気付いたが、これはストレスが溜まっている時の先輩の癖らしい。

「私、そっちの手伝いに回りましょうか？」

さーやちゃんがそう申し出るが、先輩の表情は明るくない。

「んー……そうすると沙也香、トレジャーレースの参加資格なくなるよ？　いいの？」

「ええ、まあ。先輩がヒント作成係ならどうせソフト部は参加者から除外されるでしょう？　それにうちのクラス代表は碧ですので。な？」

ちらりとこっちを一瞥《いちべつ》するさーやちゃんに、こくりと頷いて返す。

「はい。私が走りますから、さーやちゃんを手伝いに回しても大丈夫です」

そう私も背中を押すと、そこでようやく先輩の表情が緩んだ。

「本当？　よしよし、なら沙也香は私がもらおうか。それに合わせて、仕事の分担も変更しないとね。西園寺さんにも少し仕事多めに割り振っていい？」

「もちろんです。任せてください」

私が請け合うと、先輩も機嫌よさそうに頷く。

「なら、あとで備品を修理するの手伝ってくれる？　さっき沙也香が上げてきたリスト見る限り、結構色々と壊れちゃってるみたいだし、直さなきゃ」

先輩の言葉に、さーやちゃんが渋面を作る。

「あれ、新しく発注したほうがよくないですか？　直すの結構手間ですよ」

「そうしたいのは山々だけど……予算のほうがね？　なかなか余裕がないものでして」

溜め息とともに肩を竦《すく》める及川先輩。

そりゃあ、トレジャーレースで賞品出した上にドローンも配備だもの。どこか削らなきゃいけない部分は出てくるよね。

「ま、しょうがないですね。節約も実行委員の仕事ってことですか」

さーやちゃんも先輩の言い分に納得したようで、特に反駁《はんばく》することもなく引き下がった。

その時である。生徒会室のドアを誰かがノックした。

「誰だろ。はーい」

一番ドアから近かった私が立ち上がり、来訪者を迎える。

ドアを開けた先にいたのは……確か二年生の生徒会役員の女子だった。

「作業中ごめんね。副会長に届け物なの」

彼女は大きな段ボール箱を両手一杯に抱えていた。この状態でどうやってノックしたんだろう。

「あ、はい。受け取っておきます」

私は彼女から段ボール箱を受け取ろうとする。

一瞬、重さで肩の怪我が悪化するかもと不安になったが、実際に受け取ってみると、段ボール箱は拍子抜けするほど軽かった。

「じゃあ、確かに渡したから」

二年生の先輩はそれだけ言うと、とっとと去っていってしまった。やはりどこも忙しいらしい。

「及川先輩、お届け物です」

去っていく役員の背中を見送ってから、私はくるりと百八十度ターンした。

「お、来たか。待ってました！　こっち持ってきて！」

及川先輩は荷物の中身に心当たりがあるのか、テンションが上がっていた。

私はさーやちゃんと目を合わせて小首を傾げながらも、言われた通り副会長席の机に段ボールを置く。

「部長、それなんです？」

「ふっふっふ、見て驚けー」

さーやちゃんの問いかけに、先輩はもったいぶりながら段ボール箱を開けた。

そして、中に入っていたものを取り出して見せる。

先輩が掲げたのは、どこにでもあるような黄色いTシャツだった。

ただし、前面に『体育魂！』と毛筆体で書いてある謎のデザインの。

「じゃーん！　体育祭実行委員オリジナルTシャツです！　発注していたものが届いたんだね！　どう？　このシンプルかつ絶妙に普段使いできないデザイン！　まさに体育祭仕様だよね！」

自慢げにTシャツを見せびらかす先輩。

が、生徒会室には冷めた空気が漂っていた。

特にさーやちゃんからは二月の早朝くらい冷え冷えなオーラが伝わってくる。

「部長……さっき自分で言ったこと覚えてます？　予算がないって話をしてましたよね？　なんでこんな余計なもの作ってるんですか。ていうか、これのせいで予算なくなったんじゃないですか？」

淡々と怒りを滲《にじ》ませる、さーやちゃんの正論パンチ。

もはや生徒会室は、業務用冷蔵庫になったのかと思うほど冷え込んでいる。

ここでようやく後輩の静かな激怒を察したのか、及川先輩の顔が引き攣り始めた。

「い、いやほら、やっぱりイベントごとは派手に行きたいし？　なにより実行委員の絆《きずな》が生まれるかなーとか」

「なるほど。ちなみに今まさに部長は一番身近な後輩との絆を失ったわけですが、それについてのコメントは？」

相手の弱点を突く捕手らしい反撃である。さーやちゃんの配球、めちゃくちゃ容赦なかったんだよなあ。

「そ、それはほら、申し訳ないというか、そんな怒らなくてもっていうか、マジでごめんっていうか？」

完全に後輩のプレッシャーに負け、目が泳ぎ始める及川先輩。

「部長、プリン没収です」

そんな先輩にトドメを刺すべく、さーやちゃんが温存していた決め球を放った。

「すみませんでした！　それは勘弁してください！」

事ここに至って敗北を認めた先輩だったが、もはやさーやちゃんの怒りは収まらない。

「ダメです。あとトレジャーレースの作業も一人でやってくださいね。まったく、自分で仕事増やしといて作業追いつかないとか、馬鹿らしくて付き合ってられませんよ」

「うぐぐ……何一つ反論できない」

後輩に突き放され、がっくりと項垂れてしまった及川先輩。

さすがに可哀想だと思った私は、フォローに回ることにした。

「まあまあ、さーやちゃん。実際、一体感って必要だと思うよ？　それに、他の生徒が実行委員って一目で分かるほうが、何かと便利でしょ？」

「ぬ……それは一理あるか」

私の取りなしで、さーやちゃんの態度が少し軟化する。

すかさず、私はフォローの追撃を投げ込んだ。

「それにこれから作業する上で、ある程度汚れてもいい服っていうのがあるのは便利だと思うな。ペンキ使う作業とかもあるんだしさ。ね？」

「ふむ……それはそうか。結果論だけど、まあ悪くないお金の使い方かもしれないな。部長、今回は無罪で」

「ほんと？　助かったー……！」

刑罰を逃れ、ホッと胸を撫《な》で下《お》ろす先輩。

彼女はその勢いのまま、感極まったように私の両手をがしっと握った。

「西園寺さんありがとう！　おかげで超助かった！　あんなにあっさり沙也香を宥《なだ》められるなんて、もしや猛獣使い？」

「誰が猛獣ですか」

じろっと睨《にら》みつけるさーやちゃんだったが、先輩は素知らぬふり。

そんな二人のやりとりに、私は苦笑してしまった。

「あはは……どういたしまして」

とはいえ、なんとか事態も丸く収まってくれたようで何よりだ。

これでようやく作業に戻れる……そう思った時だった。

再び、生徒会室のドアがノックされる。

「誰だろ？」

短時間に来客が続くものだな、と思いつつ、再び私が応対に向かった。

すると、ドアを開けた先にいたのは先程と同じ生徒会役員の先輩。

「あれ、どうしたんですか？」

同じ人が訪問してきたことに、私は少し驚く。

しかも、その先輩は先程と同じように段ボール箱を抱えていた。

……なんだか、すごく嫌な予感がする。

「また副会長に届け物。確かに渡したからね」

そう言って、その先輩は私に段ボール箱を渡して去っていった。

私は振り返り、及川先輩のほうを見る。

その瞬間、先輩はそっと目を逸らした。

「……部長、これは」

さーやちゃんが再び絶対零度の声音で詰問を開始する。

ほとんど取り調べのような迫力に、先輩はあっさりと屈した。

「いやあ、体育祭ってマスコットとかあるといいなって……あはははは」

乾いた笑いで誤魔化す先輩。

段ボール箱を開けてみると、中からは『体育魂！』と書かれたシャツを着た、二足歩行のリスのようなキャラクターのぬいぐるみが出てきた。

「ほら、保護者も見てるし？　受験生用のＰＲ動画にもするって言うし、可愛いキャラと

かいるといいかなーっていうかさ？　体育祭マスコットキャラの『走《ハシ》リス君』、必要だよね、これ？」

めちゃくちゃ早口で弁解を重ねる及川先輩。

それに対して、さーやちゃんは感情を抑えるようにゆっくり一つ溜《た》め息《いき》を吐いた後、静かに判決を下した。

「先輩、有罪です。プリン没収の刑に処します」

「ま、待って！　西園寺さん！　あの猛獣をもう一回なんとかして！」

後輩の残酷な宣言を受け、及川先輩が私に泣きついてきた。

が、私は沈鬱《ちんうつ》な表情を作り、ゆっくりと首を横に振った。

「先輩……残念ですが、今回は庇《かば》えません」

「そ、そんな……！」

私に突き放された先輩は、銃で撃たれたようによろめいた。

「さて……じゃあ碧。このプリン、半分こしようか」

「そうだね」

及川先輩をスルーして、私とさーやちゃんは早速押収した品の分配を始めた。

「あああぁぁ……私のプリン……」

威厳を失った先輩の嘆きが、生徒会室に響くのだった。

休憩を挟んだ後、備品の補充をしたり、自力での修理不可と判断したものを発注し直したりしていると、時間はあっという間に過ぎていく。

忙しいと時間も凄《すご》い速度で過ぎるものらしく、気付けばとっくに日は沈んでいた。

「ようやく終わったー！　二人とも、お疲れ！」

最後の作業を終えると、及川先輩は使っていたノートPCの蓋《ふた》を閉じ、ガッツポーズだか伸びだか分からない動作をしながら私たちを労ってくれた。

「お疲れ様です」

「結構かかりましたね」

私とさーやちゃんも、既にくたくただった。

「ソフト部はこれから練習なんですか？」

そう訊《たず》ねると、及川先輩は疲労の滲む顔で窓の外を見た。

「んー、今日くらいは休みでもいいけど……って早見の奴、練習してんじゃん。よし、やっぱり今からでも練習に顔出そう。なんかここで帰るのは負けた気がして腹立つ。沙也香、グラウンド行くよ」

「何の対抗意識ですか、まったく」

さーやちゃんは呆《あき》れたような視線を送るものの、特に反対意見は出さない。

「頑張ってね、さーやちゃん」

私が見送る姿勢でいると、さーやちゃんは少し気遣わしげな顔になった。

「碧はどうするんだ？　外もう暗いし、一人で帰るのは危なくないか？」

「私は陸が送ってくれることになってるから。少し休んでから連絡入れるよ」

そう報告すると、さーやちゃんは少し安心したようだった。

「巳城が送ってくれるなら安心だな。送り狼にもならないだろうし」

「むぅ……」

全く否定できない言葉に、安心すぎるのもどうなのかと思う私なのだった。

「西園寺さん、時間潰《つぶ》すなら生徒会室使っといていいよ。鍵《かぎ》はあとで職員室に持っていってくれればいいから」

先輩も話の流れでなんとなく事情を察したのか、気遣ってくれた。

「ありがとうございます。じゃあ、お言葉に甘えて」

私が素直に感謝すると、先輩はにこりと笑って荷物を持った。

「いいって。じゃあ沙也香、さっさとグラウンドに行くよ。今日はガンガンノックしてあげるからね！」

「そういうのは綺麗《きれい》にキャッチャーフライ上げられるようになってから言ってください」

「何をー！」

仲良く言い争いをしながら生徒会室を出ていく二人。

それを見送ってから、私は椅子に座って溜め息を吐いた。

「はぁ……」


──やばい、今すごくへこんでる。


及川先輩はいい人だし、さーやちゃんとだって仲がいい。

だから、この準備作業だって楽しいはずなのに、私の中にはずっと息苦しさがあった。

それは昨日今日始まったわけではなく、作業を続ける中で少しずつ少しずつ積もっていって、真綿で首を絞めるように私の心を窒息させかけている。

理由は分かっていた。

「肩、痛いな……」

少し痛む古傷を押さえ、ぼんやりと天井を見上げる。

——私が今感じているのは、疎外感だ。

どれだけ良くしてくれても、彼女たちと自分は違う。

自分はもうボールを投げることはできないし、ソフトボール部に入ることもない。

さーやちゃんがふとした時に及川先輩への信頼を見せる度、及川先輩がさーやちゃんの尖《とが》った個性を優しく受け止めるのを見る度、部活を通して育まれた関係の一端を感じた。

そして、自分がその輪の中にもう入れないことを自覚する。

「……いけない。いい加減、切り替えなきゃ」

頭を振って、妙な感傷を振り解こうとする。

そうだ。もう怪我をしてしまった事実は変わらないのだから、いつまでも引きずっていても仕方ない。

ソフトボールができなくなっても、陸と一緒に色んなことを積み重ねていく日々は幸せなのだと、そう感じたのは事実なのだから。

「陸……」

そんなふうに自分を納得させたせいだろう。

唐突に、彼の声が聞きたくなった。

私はスマホを手に取り、陸の番号をコールする。

帰りは送ってくれるのだから、その時に話せばいいと理性は告げるのだが、私の心は一刻も早く彼の声を聞きたくて仕方なかった。

そうすれば、こんなつまらない感傷は一発で吹き飛ぶはずなのだから。

数回の呼び出し音の後、電話が繋《つな》がる。

『もしもし』

その声を聞いた途端、なんとも言えないような安心感を覚えてしまった。

「あ、陸？　今大丈夫？」

さっきまで窒息しかけていた心に、ちゃんと酸素が巡るような感覚。

『少しなら平気だけど、もうすぐ迎えに行くぞ？』

若干困ったような陸の言い回し。

もしかしたら新しい作業を始めてたのかも。だとしたら電話を続けるのは迷惑かな。

けど……あれ？　さっき陸と一緒に働いてるはずの生徒会長は、もう作業を終えて野球部で練習を始めてるって聞いたような。

「陸、今どこにいる？」

少し怪訝《けげん》な気持ちで訊ねると、陸はどこか楽しそうな口調で答えた。

『裏門前の牛丼屋。練習に付き合ってくれた礼だって、野球部の先輩が奢《おご》ってくれてさ』

途端に、何故か胸が苦しくなるような感覚を覚えた。

「……野球部の練習に出てたの？」

恐る恐る問い返すと、電話の向こうから苦笑するような吐息が聞こえてきた。

『ああ。銀司に頼まれちゃってな。おかげで明日《あした》は全身筋肉痛だわ』

その言葉に、私は思わず息が止まる。

一瞬、心臓すら止まったのかと錯覚した。

だって分かってしまった。親友だから。ずっと側で見ていたから。

そして、気付きたくないことに気付いてしまった。

『碧？』

私が黙り込んでいると、陸が少し心配そうに名前を呼んできた。

それで、私は我に返る。

「あ、ごめん。もうすぐ作業終わるから、一応連絡入れとこうと思って。じゃ、また後でね」

『お、おう』

努めて明るい声を作り、誤魔化しの言葉を紡いだ。

陸もそれに違和感を覚えたようだが、そんなことは気にしていられない。

彼から逃げるように、私はスマホの電源を切った。

「陸……陸は……」

――まだ、ちゃんと野球が好きなのだ。

あんな少しの言葉からでも伝わってしまうほど、楽しそうな様子で。

私と違って息苦しさも疎外感もなく、ただ純粋に野球部との交流を楽しんでいた。

それも当然だ。だって彼は「異物」じゃない。

まだ野球が好きで、野球部に戻ろうと思えば戻れる身体で、甲子園に出るという夢も確かに持っていたのだから。

「陸……！」

私はソフトボールができなくなった時、本当に辛かったし、今だって辛い。

なのに――陸に同じことを強いている現状は正しいのだろうか？

あんなに自分を救ってくれた人に、自分と同じ辛さを味わわせていいのだろうか？

彼に、返してあげるべきではないのか。

甲子園を目指すという夢を。

六回表 ▼▼▼ そして運命の体育祭。

六月最初の日曜日。

とうとう体育祭が本番を迎えた。

うんざりするほど長い校長先生の話の後、生徒代表による選手宣誓を済まし、俺たち実行委員は裏方用のイベントテントの下に集まった。

「実行委員諸君、今日まで準備ご苦労だった。しかし、本番はこれから。トラブルなく今日を終われるより、油断せずやっていこう」

実行委員に配付された黄色いTシャツを着た早見先輩が、裏方全員の前で挨拶《あいさつ》する。

隣に並んだ副会長も、笑顔で裏方たちを見回した。

「あ、けど、みんなにもこの体育祭を楽しんで欲しいな。君たちもこのイベントの主役なんだからね！」

なんだかいいことを言う副会長。

が、そんな副会長に、早見先輩が何故か白い目を向けた。

「ところで及川……あれはなんだ？」

早見先輩が指差したのは、グラウンドの隅に置かれた等身大の人形。

俺たちとお揃《そろ》いの実行委員Tシャツを着た謎のリスである。

ついでに、手持ちサイズのぬいぐるみも準備期間中に配られていたが、あまり手に取る人間はいなかった。

「マ、マスコット的な？」

「お前、何故そんな無駄遣いを――」

「あーっと！　そろそろ競技始まるね！　はい、とりあえずみんな持ち場に向かって！　解散！」

早見先輩に追及されかけて、副会長が逃げるように仕事開始を宣言した。

ちらりと実行委員の群れに目を向ければ、ソフトボール部らしき女子たちが苦笑を浮かべたり、溜《た》め息《いき》を吐いたりしている。

そんな締まらない挨拶ではあったが、それでも仕事の開始を宣言されたら動かなければなるまい。

俺は持ち場に向かうと、自分の担当作業を開始した。

午前中は、熱中症対策班の作業になる。

「あれ、陸もここなんだ」

スポーツドリンクの粉末を段ボール箱から取り出していると、後ろから声を掛けられた。

振り向くと、そこにいたのは碧。

「よう、碧もこっちの仕事か？」

「うん。軽症者が出た時の応急処置班。忙しくならないことを願うよ」

手に持った救急箱を見せてくる碧。

「にしても、とうとう始まったね。盛り上がるといいなあ」

救急箱の中身を確認しながら、碧はどこか浮かれた様子で呟《つぶや》いた。

「そうだな。何もトラブルなく進めばいいけど」

俺がスポーツドリンクの用意をしながら相槌《あいづち》を打つと、彼女は楽しそうに頷《うなず》く。

「陸はクラスの競技、何に参加するんだっけ？」

実行委員はクラスでの話し合いにあまり参加できなかったので、参加競技をクラスメイトたちに決められている。

そのため、トレジャーレース以外に自分が参加する競技をいまいち把握していない。

「午前中は徒競走と玉入れだな」

元野球部なのを見込まれた結果である。

「そっか。私は借り物競走だって」

その言葉にほっとする。

どうやらクラスの連中は肩の怪我に響かない競技を選んでくれたらしい。

「借り物競走は第一競技だっけ。こっちはやっとくから、準備したらどうだ？」

怪我人だし、念のためウォームアップの時間は取ったほうがいいと思い、そう勧める。

「そう？　じゃ、お言葉に甘えて。頑張るから見ててね！」

碧は笑顔でそう告げると、軽い足取りでクラスメイトの下へ駆けていった。

その背中を、俺はじっと見送る。

「碧ちゃん、機嫌いいな」

いつの間にか隣にやってきていた銀司が、同じく碧の背中を見ながら話し掛けてきた。

「ああ、そうだな」

そう答えながら、俺は妙な違和感を覚えていた。

確かに今日の碧は機嫌がいい――いや、よすぎる。

以前のあいつならまだしも、怪我をして参加が限られる今、ここまで機嫌よく体育祭に参加するなどあり得るのだろうか？

実行委員として体育祭に熱を入れるうちに、楽しみな気持ちが跳ね上がったとか？

単に俺の考えすぎかもしれないが、少し引っかかるものがあった。

「そういや聞いたか？　去年の借り物競走、ふざけて変なお題を入れた奴がいたらしいぞ」

俺が考え込んでいる間に、銀司が違う話題を振ってきた。

「変なお題って　たとえば？」

訊《たず》ねると、銀司は待ってましたとばかりに悪い表情を浮かべた。

「『好きな人』とかだな。実際、そのお題で惚《ほ》れた子をゴールに連れていって、そのまま二人の関係も無事ゴールしたらしい」

「な、なに⁉」

衝撃的な情報に、俺は思わず目を見開いた。

「結構話題になったらしいぜ？　今年もあるかもなあ」

からかうような銀司の言葉に、俺の心音はめちゃくちゃ跳ね上がる。

もしも碧がそんなお題を引いたら。

そして、俺を誘いに来たら。

激しく動揺しながらグラウンドを見ると、ちょうど借り物競走第一レースが始まるところだった。

第三コースには碧の姿。

やばい、全然心の準備が出来てない！

が、俺の心情など関係なく、審判役の生徒がピストルを構えた。

「位置について、よーい――」

パン、とピストルの音が鳴る。

生徒たちが同時にスタートした。

スタートダッシュに成功した碧は首位争いを演じつつ、お題の入った箱に辿《たど》り着《つ》く。

そこから引き抜いた紙を見た碧は、少し驚いた後、きょろきょろと辺りを見回し始めた。

そこで、すっと俺がいるテントのほうを見ると、こちらに駆けよってくる。

「ま、まさか……」

本当に引いた？　伝説のお題を！　そして俺のほうに来てるとか⁉

「おい、こっち来たぞ！　マジであるかもな！」

銀司も興奮した様子で俺の気持ちを煽《あお》り立ててきた。

いやが上にも期待が高まる。

「ちょっといい？　手を貸してほしいんだけど！」

そうこうしているうちに、碧が俺の目の前まで来た。

「あ、碧……」

俺はめちゃくちゃ緊張しながら彼女の名前を呼んだ。

すると、彼女は穏やかな笑顔を向けて口を開き、

「私と一緒に来てほしいの——銀司君」

俺が全く予想していなかった名前を挙げた。

「え、俺？」

銀司もきょとんとした様子で反応した。

「うん。どうしても銀司君じゃないとダメで。お願い！」

ぱん、と両手を合わせて頼む碧。可愛い、けどそれが向けられているのは俺じゃない。

「いいけど……」

答えながら、銀司はちらりと俺の反応を窺った。

さっき期待を持たせた本人だけに、ものすごく気まずい空気。俺はそれに負けてそっと目を逸らした。

「ありがと。じゃ、行こうか！」

そうして、碧は銀司とともに俺の下から去っていった。

そうだよな、よく考えたらお題が『好きな人』だからって俺を連れていくとは限らねえじゃん！

「お、落ち着け俺……俺じゃないにしても、銀司を選ぶのもあり得ないだろ」

だから違うお題だったんだよ、うん。

銀司と碧なんて接点が全然ないじゃん。

せいぜい俺と銀司が昼飯食ってる時にたまに碧が来たり、俺と碧が二人で話している時に銀司がやってきたりってくらいだ。

「あれ……？」

こうして冷静に振り返ってみたら、碧が高校に入学してから二カ月、俺以外で一番接した男子って銀司じゃね？

高校に入ってから、三人でいる時間が結構多いような気がする。

え、これマジであり得るんじゃね？　むしろ関係が固定化してしまった俺より、銀司のほうが全然可能性ある気すらしてくる。

ていうことは何？　いつも俺が銀司とつるんでいたせいで、碧と銀司が接近してしまったってこと？

何そのありがちな三角関係！　辛いわ！

「先生、体調不良です……」

あまりの事態にショックを受けた俺は、テントに控えていた養護教諭の下へ向かう。

「え、もう？　早くないかしら。熱中症？　怪我？」

思わぬ早さで出た病人に、養護教諭も目を白黒させる。

「恋の病です……!」

「それはちょっと先生も専門外かなあ。次の恋でも見つけて?」

大真面目に答えた俺に、先生は困ったような表情を浮かべた。

と、俺が門前払いを食らっていると、競技を終えた碧が戻ってくる。

「一位取ったよ! 陸、見てた?」

はしゃぎながら話し掛けてくる碧。

が、今の俺はその眩《まぶ》しい笑顔に耐えられない。

「お、おう。おめでとう……ちなみに、お題はなんだった?」

勇気を出して、恐る恐る訊ねる。

「それが『野球部の部員』だったよ。私、銀司君以外に野球部の知り合いいないから焦っちゃった」

さらっとそう教えてくれる碧。

それを聞いた途端、俺は腰が抜けそうなほどの安堵《あんど》を覚えた。

「よかった……! マジでよかった……!」

深々と息を吐いて、全身で幸福を味わう。

「え、いくらなんでも喜びすぎじゃない？」

俺のリアクションに、碧が軽く困惑したような表情を見せた。

「いいや、危うくこの体育祭でのボロ負けが決まるところだったんだ。喜ぶさ」

「まだ第一競技なのに⁉」

「ああ……そうだな。五年もかかってるのに、まだ第一競技なんだよな」

「準備し始めたの先月だよ⁉」

おっといかん。

安心しすぎて思考がふわふわしているな、気を引き締めなければ。

「とにかくおめでとう。幸先のいいスタートになったな」

「うん。ありがと」

改めて祝福すると、碧は嬉《うれ》しそうに笑った。

と、俺のポケットでスマホが何かを着信した音を響かせる。

「む、なんか来たな」

スマホを取り出して画面を見ると、体育祭運営アカウントからメッセージが届いていた。

『一年B組のみなさん、おめでとうございます。ただ今よりトレジャーレース、一等賞品のヒントを送ります。ヒントは《この体育祭に必要のないもの》です』

文面を読んだ俺は、一つ頷《うなず》く。

「そういや各競技の結果次第でトレジャーレースのヒントがもらえるんだっけ」

うちの体育祭はドローンカメラで配信されている関係上、スマホの持ち込みが許可されている。

自分がどう映っているのか、確認できない状態で配信されるのは嫌だという、生徒側からの猛反発の結果だ。

競技に集中できなくなるのではないかという懸念もあったが、実行委員側はそれを逆に利用して、体育祭を楽しむためのツールとして使うことにしている。

このヒントもその一環だ。

各競技の一位はトレジャーレースの一等賞品、二位は二等賞品……という具合に、順位に応じたヒントをもらえる。

「なんだかよく分からないヒントだね」

競技中のため、自分のスマホを貴重品入れに仕舞っていた碧は、隣で俺のスマホを見て小首を傾げる。

「そ、そうだな」

距離が近くてちょっとドキドキした俺は、心を落ち着かせようと視線をずらした。

と、そこに見知った顔を発見する。

「お、銀司も戻ってきたな……と、早見先輩も一緒か」

銀司が早見先輩と一緒にこっちに歩いてきている。

どうやら早見先輩も、野球部員としてクラスメイトに連行されていたらしい。

「あ、私、仕事に戻るね。競技に出てた分、取り戻さなきゃ」

思いついたように言って、碧は足早に俺の隣から離れていった。

その動作に、また俺は小さな違和感を覚える。

なんだろう、まるで逃げるような感じというか……。

「お疲れ、巳城」

悩む俺に、テントまで戻ってきた早見先輩が気さくに声を掛けてくれる。

「あ、お疲れ様です。早見先輩、何位でした？」

「二位だ。巳城と有村のクラスは首位スタートだな」

うちの体育祭はクラス対抗である。

碧が一位を取ったおかげで、最高のスタートを切れた。

「そうですね。まあ俺たちはクラスの順位より無事に体育祭が終わるほうが大事ですけど」

「はは、違いない。俺も早く仕事に戻らなきゃな。有村と巳城はドローンの管理に向かってくれ」

「はい」

「了解っす」

早見先輩の指示の下、俺と銀司はドローンをそれぞれ飛ばす。

と言っても、俺にできるのは真っ直ぐ上に浮かせるくらいなのだが。

「いやあ、けど碧ちゃんのお題が『好きな人』じゃなくてよかったな。めっちゃ焦ったわ」

ただ浮かせるだけの俺と違い、隣で縦横無尽に黄色いドローンを操る銀司が、苦笑しながらそう言った。

俺も実感を込めて頷く。

「ああ。本当に助かったわ……銀司の命が」

「俺そんなピンナだったの⁉　いや別に万が一そうでも俺は受けないからね⁉」

「何ぃ⁉　碧じゃ不満だって言うのかお前！　しばくぞ！」

「しばくなよ！　むしろ気を遣った俺に深い友情を覚えろ！」

そう言ってから、銀司は深々と溜め息《たいき》を吐いた。

「まあ、そんなことはあり得ないけどな。どう見ても碧ちゃんはお前のこと好きだし」

「どうだかな……」

自信のない受け答えをする俺に、銀司がじとっとした目を向けた。

「お前ね……俺は陸が自信持って告白すれば、今の状況は一発で打開できると思うんだが」

「そう簡単じゃないさ」

俺は銀司の言葉を否定してから、少し沈黙する。

自分の中に渦巻いている感情を整理する時間。

やがて、俺は自分が操る緑色のドローンをじっと眺めながら、静かに言葉を発した。

「碧の奴、最近ちょっと変だ」

「変って？」

銀司には思い当たる節がないのか、小首を傾げた。

「なんかよそよそしいっていうか、ぎこちないっていうか……とにかく微妙に普段と違う」

それは体育祭が始まってからではない。

準備期間から時折心に引っかかっていた違和感。

異変というにはあまりに些細《ささい》で、だけど平常と呼ぶのは少し躊躇《ためら》う、そのくらいの小さな変化。

「碧ちゃんには直接聞いたのか？」

銀司も俺が適当な言い訳をしているわけじゃないと分かったらしく、心配そうな顔で訊《たず》ねてきた。

「いいや。俺の気のせいかもしれないし……何より、俺に言えることならとっくに言っているはずだ。わざわざ言わないってことは、俺には知られたくないんだろう」

俺たちは親友だ。

が、別になんでも遠慮なく話せる関係じゃない。

正確には、そういう関係じゃなくなった。

何もかも打ち明けられる時期は確かにあったし、そんな関係が心地よかった。

だけど——長い付き合いの中で少しずつ、本当に少しずつ言えないことが増えていって、聞けないことも増えていって。

二人の間には、薄皮一枚分の壁が出来ていた。

それは碧にもあるだろうし——俺にもある。

それは二人が人人になったからなのか、あるいは恋をしてしまったからなのか。

もしかしたら、どちらもなのかもしれない。

「俺たちにはさ、お互いに踏み込まない、そして踏み込ませない部分が確かにあるんだ。

今までお互いにそこを尊重することで上手くやってきたんだ」

親しき仲にも礼儀あり、じゃないけど、どんなに親しい相手でも……いや、親しい相手だからこそ、言えないことはある。

「……それでもさ、お前が踏み込まなきゃいけない時は来ると思うぜ」

俺の言葉を聞いた上で、銀司がぽつりと言葉を漏らす。

銀司の顔を見ると、彼はいつになく真面目な表情でこっちを見つめていた。

「お前しか踏み込む資格を持ってない部分は確かにあるんだ。お前がその時に踏み込めなかったら、碧ちゃんはその分だけ孤独になる」

「銀司……」

その言葉は強く、確かな重さを持って俺の心に響いた。

「だから、もしもその時が来たら、いつもみたいにヘタレるなよ」

「……ああ」

覚悟を問う銀司の言葉に、静かに、だけど確かな決意を持って頷く。

それを見て、銀司はさっきまでの真面目な表情を崩して、力の抜けた笑みを見せた。

「ま、陸なら大丈夫だと思うけど。お前はチャンスで凡退することがあっても、ピンチでエラーすることはなかったからな。俺がどんな送球しても、必ず受け止めてくれた」

銀司は再びドローンを見上げながら、言葉を紡ぐ。

「だから碧ちゃんのピンチも、陸はきっと受け止める。そうだろ？」

その言葉に、俺も努めて笑顔を作ると、頷いた。

「任せろ。悪送球には慣れてるからな。ちゃんとキャッチするさ」

自分を鼓舞するように、俺はそう答えるのだった。

六回裏 ▼▼▼ きっと運命の体育祭。

――とにかく、誰が見ても浮かれていると分かるくらい楽しもう。

この体育祭を迎えるに当たって、私が決めたことはその一つだけだった。

結局のところ、陸が野球部に戻らないのは、私のことが心配だからである。

なら、私がもう心配する必要がないほどこの学校生活を謳歌《おうか》しているところを見せれば、陸も自分の気持ちに素直になれるはずだ。


『これより昼休みに入ります。競技の再開は十三時半ですので、それまでにグラウンドに戻ってきてください』

午前中最後の競技が終わると同時に、昼休みを知らせる校内放送が流れた。

うちの学校の体育祭は、保護者が見学に来る制度はないので、生徒たちは個々に集まって昼食を摂ることになる。

「陸、お昼どうする？」

実行委員の仕事を終わらせた私は、素早く陸の下へ向かった。

「んー、銀司と二条は裏の牛丼屋で買ってくるって言うし、俺もそうしようかなと思ってる」

予想通り、陸は食事の用意をしていなかったらしい。

陸のお母さんは基本的にめちゃくちゃ気合いの入ったお弁当を用意するタイプなのだが、その分準備も大変らしく、陸は気を遣ってあまりお弁当を頼まないのだ。

「そうなんだ。あの、私お弁当作ってきたんだけど……一緒に食べない？」

それを長い付き合いから察していた私は、ここぞとばかりに手料理になんて挑戦してみたのだった。

「え、マジで。いいのか？」

陸は照れつつも喜んでくれているようで、少し声が弾んでいた。

「うん。一人で食べろって言われても逆に困るし」

言いつつ、私は内心でめちゃくちゃほっとする。

手作り弁当とか重い……なんてドン引きされたらどうしようと思っていたが、どうやら杞憂《きゆう》だったらしい。

楽しいランチタイムが過ごせそうだ。

私たちは校庭の隅にレジャーシートを敷いて、そこに座る。

「はい、これが陸の分」

大きめの巾着《きんちゃく》袋に入ったお弁当箱を陸に渡す。

「ありがとう」

陸は期待するような顔で巾着袋を開け始めた。

この日のために練習はしたが、私は普段料理しない系女子であるため、半端じゃなく緊張する。

「お、綺麗《きれい》に出来てるじゃん」

ハンバーグに玉子焼き、プチトマトとブロッコリーのサラダなど彩りを考えたスタンダードなお弁当。

見た目は取り繕ったし、味見もした。

正直、何度か失敗したが、その度に作り直して出来のいいものを持ってきたため、食べられるものには仕上がっているはず。

「いただきます」

とはいえ、別に自信があるわけではないので、陸が弁当を食べる様子を、合否を待つ受験生のような気分で見つめる。

私の祈るような視線を浴びながら、陸はハンバーグに手を付けた。

果たして、出来は。

「……うん。美味《おい》しく出来てるじゃん！」

陸は笑顔でそう感想を告げた。

「よ、よかったー……！」

心の底から安堵《あんど》の吐息を吐く。

早起きして試作を重ねた甲斐《かい》があったというもの。

失敗作で溢《あふ》れた我が家のキッチンを思い返しながら、努力が報われた幸福感と達成感を嚙《か》みしめる。

その瞬間だった。

「う……」

陸が呻《うめ》き声を漏らす。

見れば、彼は箸《はし》でつまんだ玉子焼きを凝視していた。

「陸、どうしたの？」

「いや、なんでもない。美味しいよ」

と言いつつも、陸の笑みは少し引き攣っていた。

嫌な予感がして、私は自分の弁当から玉子焼きをつまんで一口食べる。

「しょっぱ⁉」

口に入れた瞬間、凍った海水を直接囓ったような塩辛さに襲われた。

なんで⁉　玉子焼きは何度も試作を繰り返したのに！

「まさか……間違えて失敗作のほう持ってきちゃった？」

あり得る。失敗作だらけで死屍累々《ししるいるい》のキッチンだったのだ。

成功作と間違えて失敗作を持ってくるくらい、余裕であり得る。

「ご、ごめんね⁉　それ食べなくていいから！」

努力が水泡に帰したことのショックもあるが、それ以上に激マズ料理を食べさせたこと
に対する申し訳なさで胸が一杯だった。

「いやでもほら、他のおかずは本当に美味しいから」

陸が苦笑気味にフォローしてくれる。

うぅ……なんか優しさが逆に痛い。

「ほら、これとか超美味《うま》いし」

落ち込む私を見て、追いフォローをしてくれた陸が示したのは、鮭のフライだった。

ハンバーグと並ぶメインの一品である。

「あ、それは確かにうまく出来たやつだ」

自信作を褒められて、ちょっとメンタルが回復する。

「そうなんだ……！　って、碧のほうには入ってないな」

ちらりと私の弁当箱を見た陸が、不思議そうに言った。

「あはは……結構失敗しちゃって。陸のお弁当に入れる分しか確保できなかったんだ」

ちょっと照れながら裏話をする。

そう。自信作とは言ったが、それも失敗作の山の中で生き残った一握りの精鋭なのだ。

残念ながら、私の食べる分までは用意できなかった。

「そうなのか……ふむ」

陸が何かを考え込むようにじっと自分の弁当箱を見る。

「よし、じゃあ半分こしよう。ほい、碧」

かと思うと、鮭のフライを箸でつまんでこちらに向けてきた……って、ええ⁉

「え、えと、あの」

予想外な陸の動きに、私は凄《すさ》まじく動揺した。

いや分かる。何故陸がこんな思い切った行動をしてきたのかは。

だって小中と陸を意識していなかった頃は、私も普通にこういうことをやっていたし、

やられていた。

だから陸はその延長線でそれをやってきたのだろうが、今の私にとっては大冒険である。

「む、もしかして試食で食べ飽きてるとか？」

陸が不思議そうに小首を傾げた。

「そ、そんなことないよ」

とはいえ、どんなに照れても私に断るという選択肢はない。

「じゃ、じゃあもらうね」

心臓のドキドキを抑えながら、私は陸にいわゆる『あーん』をしてもらうのだった。

脂の乗った鮭のフライにピクルスの利いたタルタルソースが絡み、我ながら絶妙な味わいになっている。

が、正直味なんかどうでもよくなるくらい緊張してしまい、上手にリアクションできなかった。

「あ、そういえば午前の競技でいくつか宝探しのヒントもらっただろ。あれ見てみようぜ」

陸は全く平常心な様子で話を変えて、自分のスマホを取り出した。

そのあまりの普段通りっぷりに、私はちょっと不満を覚えた。せめてもう少しドキドキしてほしい。

さーやちゃん曰《いわ》く、『お前らは元の距離感がバグってるせいで、照れるポイントがお互い変にずれてる』ということだが、それを信じるにしてもちょっとへこむ。

「お、やっぱり運営からヒント送られてきてるぞ」

陸の台詞《せりふ》に、私も自分のスマホの電源を入れて、体育祭のために作ったクラス専用のグループチャットを覗《のぞ》いた。

二等以下の賞品には興味がないので、ひとまずスルー。

一等のヒントは、私の借り物競走で手に入れたものを含めて三つ届いていた。

「『この体育祭に必要のないもの』……これはさっきも見たな。相変わらず意味不明だけど」

最初のヒントを見て、陸が眉根《まゆね》を寄せた。

確かによく分からないヒントである。

私もじっくり考えると、不意に降りてくる答えがあった。

「体育祭に必要ないもの……参加できない競技が多い怪我人とか？　つまり……私だ！」

衝撃の事実だった。

「違うと思うよ!?　なんで急にそんなネガティブになってんの！」

これしかないと思った答えを、陸が全力で否定してくる。

「いやでも、当てはまるし……」

「ないから！　ほら、ヒント2を見てみようぜ」

　私の答えを完全否定するためか、陸が更に次のヒントを読み上げる。

「ヒント2は『みんなに注目されているもの』だって」

「じゃあ私じゃないね。こんな怪我人、誰にも注目されるわけないいし」

「いやネガティブが続くな！　そういう理由じゃないと思うけど！」

「あ、でも待って。怪我人とか言いながら競技に参加してるって逆に目立つのでは？」

「だとしても答えは碧じゃねえよ！　ほら、次のヒント確認してみろ！」

　陸に促されて、私は最後のヒントを見る。

「ヒント3『人間ではない』……え、私ってもはや人間とも見なされてない？」

「なんで自分が正解である前提で話を進めるんだよ！　ネガティブとかそういうの超えたこじつけになってるけど！」

　陸の言葉で、私はちょっと冷静さを取り戻した。

「けど、私じゃないとしたらなんだろうね？　全然思い当たるものがないんだけど」

　クールダウンしたとはいえ、このヒントはいまいち茫洋《ぼうよう》としていて答えが見えてこない。

「これだけのヒントじゃなあ。ただ、鍵《かぎ》はこれになるんだろうな」

陸はスマホの画面を私に見せてくる。

そこには、体育祭チャンネルのライブ配信画面が映っていた。

「自分一人で探すのは難しいけど、今回はドローンカメラが四つもあるからな。この視点も使って答えを探すっていうのが鍵になるんだろう」

「なるほど……」

私もじっと映像を見る。

体育祭用のチャンネルは全部で四つ。

それぞれのチャンネルでドローンカメラの映像を映しており、保護者たちは自分の子供が出ている映像に焦点を合わせた観戦ができるという優れたシステムだ。

「つっても、今の段階じゃまだ分からないだろうけどな」

陸は早くも現時点での正解を諦《あきら》め、昼食に戻ってしまった。

「そうだね。推理するなら、午後の競技もある程度こなしてからかな」

私もスマホを置いてお弁当の残りを食べようとする。

その時だった。

「すみませーん。ちょっとお話聞いていいですかー？」

不意に、近づいてきた誰かに声を掛けられた。

顔を上げると、そこにいたのは人懐っこい雰囲気を纏《まと》った小柄な女子。

「どうも！　新聞部の神藤梓《しんどうあずさ》です！　体育祭を楽しむ生徒たちにちょっとインタビューをしてるんですけど、お話聞かせてもらっていいですかね？」

取材用のマイクと、カメラ代わりらしいスマホを構えながら訊《たず》ねてくる神藤さん。

「んー……そうですね」

ちらりと陸が目でこちらを窺ってくる。

そのアイコンタクトに、私は軽く頷《うなず》いて返した。

「少しなら」

陸がそう答えると、神藤さんはにこっと笑った。

「ありがとうございます！　お二人は実行委員ですよね？　今のところ大きなトラブルもなく体育祭は進んでおりますが、本番を迎えての感想は？」

「思った以上にみんな楽しんでくれてるみたいで、俺たちも嬉《うれ》しい限りです」

陸が答えるのを見ながら、なんだかヒーローインタビューみたいだなとか思っていると、神藤さんがこっちを向いた。

「そういえば、そちらの方は借り物競走で一位を取っていましたが、トレジャーレースの賞品について有益な情報は得られましたか？」

「あはは……秘密です」

あまり突っ込まれるとポロッと情報を漏らしかねないと判断した私は、曖昧《あいまい》に質問を受け流した。

新聞部ということで中立な立場を心がけているのか、神藤さんは無理に食い下がってくることなく、違う質問に移る。

「む、そうですか。ちなみにお二人はトレジャーレースに参加したりします？」

「あ、一応私が走る予定で」

「そうなんですか。じゃあ、お名前聞いていいですか？　私、レースの実況を担当するので、覚えておけたらいいかなって」

神藤さんは左腕に付けた『実況魂』と書かれた腕章を見せてきた。

そういえば、各競技の時に流れていたアナウンスも、彼女の声だった気がする。

「西園寺碧です」

そう素直に名乗ると、神藤さんの動きが止まった。

「西園寺碧……一年B組……む、もしかしてあれですか。隣の方は巳城陸さんだったりします？」

と、何故かここで急に彼女は陸の名前を挙げた。

「そうだけど……なんで分かったんだ？」

急に名前を当てられたことに、きょとんとする陸。

彼の問いに、神藤さんはにんまりとした。

「いやあ、一時期噂になりましたから。駆け落ちするとか出来ちゃった婚するとか」

「なっ……」

「ぬぐっ……」

忌まわしい記憶を掘り起こされ、私と陸は同時に呻《うめ》いた。

「私もあの時に取材に行こうと思ったのですが、その前に教師から公式見解が発表されてしまいまして。あの初動の遅れは神藤梓一生の不覚です」

神藤さんは神藤さんで何故か悔しがっていた。

が、ジャーナリスト魂が燃えているのか、目だけは爛々《らんらん》と輝いている。

「で、実際のところはどうだったんですか？」

「教師の発表そのままだよ！」

陸が叫ぶも、神藤さんは釈然としない表情。

やはりマスコミというのは火のないところに煙を立てるのが好きなのか。

「そうですか？　その割にはさっきすごくいちゃつきながらご飯食べてた気がするんです

けど。なんか『あーん』ってしてませんでしたっけ」

　いや、火は完全にこっちが起こしてた。

　あれを見たのならば、疑惑が深まっていても仕方ない。

「プ、プライバシーの問題なのでノーコメントです」

　めちゃくちゃ恥ずかしくなった私が話を逸らす。

　が、何故か神藤さんは呆《あき》れたような顔をした。

「そう思うんだったら、もうちょっと場所を選んだほうがよかったかもしれないですねえ」

　神藤さんは、すっと空中の一点を指差す。

　と、そこにはぷかぷかと浮かぶ青いドローンの姿が。

「……まさかとは思いますけど、撮られてた？」

「それはもうはっきり」

「これ、配信されてるんですよね」

「ええ。学校関係者に向けてバッチリと」

「や……」

　やらかしたー!?

　絶対、うちの親とかチェックしてる！　私が張り切ってお弁当作ってるの見てニヤニヤしていたお母さんとか絶対いじってくる！

「まあ別にうちの身内はこのくらい普通だって知ってるからな。特に問題ないだろ」

が、陸は全く動じていない。

言われてみれば、確かに昔からこういう感じのことを普通に身内の前でやってたし、今更感はある。ていうか昔の私、ハート強すぎない？

落ち着け、からかわれても普通につまらないリアクションを返せば、問題は収まると経験則で学んだはず。

まあその経験はついこの間崩壊し、その結果出来ちゃった婚だのなんだのという噂を立てられたのだが、それはそうと落ち着け私。

「そ、そうですよ。このくらい普通ですし」

私は表面上、努めて冷静な態度を取ると、昼食を続けようとお弁当に箸《はし》を伸ばす。

もう話は終わりだと示すジェスチャー。

が、それがよくなかった。

よく確認しないまま適当におかずを一口食べた私は、口の中に海水の塊みたいな塩気が広がるのを感じた。

「うぐっ……！」

思わず口を手で覆い、吐き出しそうになるのを堪える。

おのれ失敗作の玉子焼き。ここでも私を阻むのか……！

自分で生み出した悲しきモンスターに襲われる私を、神藤さんが興味深そうな目で見てきた。

「……つわり？」

「違います！」

葬ったはずの噂話が息を吹き返しそうになり、慌てて否定する私であった。

——どうして、あいつのことをもっと必死に止めなかったのだろう。


病院の待合室で、俺は早鐘を打つ胸を必死で宥《なだ》める。

碧が肩を痛めていることは、とっくに気付いていた。

何度も止めた。大会に出るのは見送れ。せめて練習ペースだけでも落とせ。

だけど、そう言う俺に、碧は決まって笑顔でこう返してきた。

——私はエースだから。

碧の右肩に、チームメイト全員の三年間が懸かっている。

そう分かっていて……碧が投げるのをやめるわけがなかったのだ。

それが、大好きなソフトボールへの誠意だと思っているから。

頼む、無事であってくれ。せめて軽傷であってくれ。

精神をやすりで削られるような時間がどれくらいか続いた後、碧が診察室から出てきた。

肩に痛々しくギプスが装着されている。それを見て、息が止まった。

「碧！　肩は……どうだった」

肺の中で固まった空気を無理やり押し出すようにして、問いかける。

すると碧は――やっぱり、笑った。

「治療すれば日常生活には支障がないだろうって。よかった、軽傷で」

日常生活には、って、それじゃあ投手としては――。

「まあだいぶ無茶してたし、ここまで保ってくれただけでも十分かな。ちょっと退屈になるけど、どうせ引退だし関係ないよね」

その笑顔が、痛々しくて見ていられなかった。

だけど、俺は無理やりに笑顔を返す。

「……そうか、なら時間ができるな。受験生だし、たっぷり勉強できる」

違う。

こんなことが言いたいわけじゃない。

もっと碧に伝えないといけないことがあるだろう。

だって俺は碧の親友なんだから。

「碧。俺は――」

神藤とかいう新聞部の襲撃をくぐり抜け、昼食を終えた俺たちは、午後からは本格的に裏方の仕事に回ることになった。

現在、体育祭一位のクラスは三年C組。俺たち一年B組は四位に付けている。

とはいえ、実行委員である俺たちはクラスの勝敗よりもイベントを無事に終えるほうが大事だ。

「陸、ドリンク切れちゃった。追加頼める？」

「了解」

生徒たちに飲み物を配っていた碧からの報告を受け、俺はスポーツドリンクの粉末を用意して水道へ向かう。

空を見れば、六月とは思えないほど元気な太陽の輝き。

まだ暑さに慣れていないこの時期、急激な気温の変化に耐えられない人間も出かねない。

俺は水道で一クラス分のスポーツドリンクを作り、ウォータージャグとかいう蛇口付き水タンクに入れると、両手で抱えて持っていく。

「お待たせ、碧。これで足りるか？」

イベントテントの中に設置された長机にウォータージャグを置くと、紙コップを用意していた碧が近づいてくる。

「うん、ありがと。陸も熱中症にならないように飲んでおいてね」

碧は持っていた紙コップにスポーツドリンクを注ぎ、俺に差し出してくれた。

「サンキュ。しかし結構暑いな。碧も気を付けろよ」

「大丈夫。私、そんなハードな仕事任されてないし」

じっと碧の顔を見るが、確かに無理している気配はない。

そのまま、出来たてのスポーツドリンクを飲みつつグラウンドを眺めていると、クラス対抗の綱引きが始まった。

現在、トップ争いをしているクラスの対決らしく、力が籠《こ》もっている。

「あれ、よく見たら生徒会長出てない？」

ふと、隣で綱引きを見ていた碧が呟《つぶや》く。

よく見れば、確かに白い体操服に紛れて、黄色い実行委員のTシャツを着た男子生徒が交じっていた。

「ほんとだ。ちょっと応援したくなるな」

勝負はほぼ互角。が、持久力に差があるのか、時間が経つにつれて少しずつ早見先輩のクラスのほうに綱が引っぱられていく。

相手も粘ったものの、やがてスタミナ切れを起こしたようで、一気に形勢が早見先輩のクラスに傾き、勝負がついた。

「お、勝ったんだ」

クラスメイトたちとハイタッチを交わしていた早見先輩は、やがて次の競技が始まる前にこちらに戻ってきた。

「お、なんだ巳城。出迎えか？」

「ええ、まあ。おめでとうございます」

祝福の言葉とともにスポーツドリンクを渡すと、先輩は「助かる」と一言呟いて受け取った。

「今のところ順調ですね。怪我人もいませんし」

少し安心しながら俺が告げるも、先輩は油断ならないといった厳しい表情をしていた。

「ああ。去年もここまでは滞りなく進んだんだ。けど、ここからが――」

「おーい、早見！　ちょっと！」

先輩の声を遮るかのように、女子生徒の叫びが響いた。

振り返れば、生徒会副会長の及川先輩が険しい表情で早見先輩を手招きしている。

「どうした？」

早見先輩が及川先輩の下に向かう。

見れば、及川先輩の近くにはぐったりした様子の実行委員の男子が。

その様子に、俺は眉《まゆ》を顰《ひそ》めた。

「どうも熱中症っぽいな。碧、保健の先生呼んできてくれ」

「分かった」

俺の指示で碧がその場を離れる。

一方、俺は力仕事の予感を覚えて、二人の先輩の下に近づいていった。

「体調不良ですか？」

訊《たず》ねると、早見先輩がこちらを一瞥《いちべつ》してからまたぐったりした生徒に目を戻す。

「ああ。とにかく、このままにはしておけないな。とりあえず校舎まで運ぶ。巳城、手伝ってくれ」

「分かりました」

俺と先輩は両脇からぐったりした生徒を持ち上げると、グラウンドを突っ切って校舎の中に運びこむ。

「陸、お待たせ！」

ちょうど俺たちが廊下に入るのと同時、碧が養護教諭を引き連れてやってきた。

先生は手早く生徒の様子を窺《うかが》うと、こちらに振り向く。

「軽い脱水症状ね。意識もはっきりしてるし、少し休んでいればよくなるだろうけど、これ以上の競技参加は無理ね。念のため早退させるわ」

「分かりました。よろしくお願いします。二人とも行こう」

早見先輩は以後の処置を養護教諭に任せると、俺と碧を連れてその場を離れた。

そして校舎から出たところで、溜《た》め息《いき》を吐く。

「……参ったな。あいつ、うちのクラスの実行委員だったんだ。トレジャーレースもあいつが走る予定だったんだが」

「そうなんですか？　じゃあ、先輩が代走ってことに？」

トレジャーレースはポイント獲得のチャンスな上に、賞品の獲得数によっては順位が大きく変動するため、首位争いをしている先輩のクラスが棄権するのはあり得ないだろう。

「ああ。けど……俺は本来、野球部枠として走るつもりだったからな。俺がクラス代表で出ると、そこが空く」

「となると、銀司に走ってもらうしかないですね」

野球部の実行委員は、先輩と銀司しかいない。

となると、自然と銀司が走ることになるのだが……。

「そうなるが……なるべくなら避けたいな。あいつも結構疲れてるし」

早見先輩は渋面でそう呟く。

確かに銀司は準備段階から割とへろへろで、本人も走るつもりはなさそうだった。

けど、他に候補がいない以上、仕方ない。

「そこでだ。巳城、一つ相談があるんだが」

「なんです？」

小首を傾げる俺を、先輩は真剣な表情で見つめてくる。

そして、

「野球部の参加枠、巳城が走ってくれないか？」

と、先輩は予想外の一言を紡いだ。

「俺が……？　いや、けど俺は野球部じゃないですし」

「ああ。だから、これを機に野球部に入ってほしい」

思わず、俺は困惑した。

そんな唐突に言われても……いや、唐突でもないか。

前に一度誘われていたし、考えてくれとも言われていた。

その考えていた結果を伝えるタイミングが、たまたま今来ただけ。

とはいえ、俺の答えは決まっている。

そもそも、入部するつもりがあるのならば高校に入ったタイミングで銀司と一緒に入部届を出しに行った。

けど、俺はそうしなかったし――今もその気持ちは変わっていない。

「先輩、俺は――」

「入りなよ」

俺が断りの台詞《せりふ》を告げようとした時、不意に背後からそんな言葉が聞こえてきた。

驚いて振り向くと、碧がどこか寂しそうな、だけど穏やかな表情でこちらを見ている。

「碧……？」

「野球部に入りなよ。陸はまだ野球が好きじゃん。それにずっと甲子園に行きたいって言ってたでしょ。それを叶《かな》えるチャンスがあるんだよ？　私と違って」

困惑する俺に、碧は無理やり作ったような笑みを浮かべる。

「私ならもう大丈夫だから。陸がいなくても、ちゃんとやれるし。だから、もう私のために時間を犠牲にしなくていいんだよ」

「碧……お前、まさか」

——ずっと、負い目に感じていたのか？

俺が野球部に入らなかったこと。野球より碧と一緒にいる時間を選んだこと。

「……私、まだ作業があるから」

俺の言葉から逃げるように、碧は俯《うつむ》いて走り去ってしまった。

一瞬、それを追いかけようとするも、最初の一歩が踏み出せない。

何故ならそれは、今まで俺が踏み込もうとしなかった一歩だから。

長い付き合いの中で出来ていった、薄皮一枚分の壁。

そうだ。俺は碧には抱えているものがあるって、ずっと前から気付いていた。

気付いていて踏み込まなかった。そこに踏み込んでしまえば、晒《さら》したくない俺の心の内にも踏み込ませなければいけないから。

そうやって守ってきた最後の一線。

それが彼女を追いかける俺の一歩を妨げた。

だけど、

『だから、もしもその時が来たら、いつもみたいにヘタレるなよ』

——ああ、分かってるさ。

「……悪送球には慣れている。ちゃんと受け止めてやるさ」

薄皮一枚の見えない壁を蹴破《けやぶ》る。

そうして、俺は新たな一歩を踏み出した。

七回裏 ▼▼▼ 二つの嘘。

心臓の鼓動が、責めるように私の胸を打つ。

痛い。鼓動が痛い。胸が痛い。心が痛い。

誰が見ても分かるくらい浮かれてやろうと決めた体育祭で、私は必死に涙を堪えていた。

「お、戻ってきたか……って、どうしたんだ？　碧」

当てもなく走っているうちにイベントテントに戻ってきていたようで、さーやちゃんが怪訝《けげん》な顔で私を出迎えていた。

しまった、という気持ちが湧いてくる。

ここでは陸が戻ってきてしまう。どこかに移動しなければ。

「この世の終わりみたいな顔してるぞ。何かあったのか？」

心配そうに訊ねてくれるさーやちゃん。

しかし、私には彼女の目を見る余裕すらなく、俯いた。

「……なんでもない。ちょっと肩が痛くて。悪いけど、トレジャーレースは棄権するね。さーやちゃん、代わりに走ってくれる？」

誤魔化すように肩を押さえ、小声で頼んだ。

とにかくこの場を離れなければ。

じっと、さーやちゃんの視線が突き刺さるのを感じる。

こんな嘘はきりとバレている。

彼女は馬鹿じゃないし、捕手らしい鋭い洞察力もあるのだ。

きっと私の心なんて丸見えで――けど、だからこそ追及はしないでくれるという確信があった。

「分かった。まぁ肩が痛いんじゃしょうがないか。私が走ろう」

やはりというか、さーやちゃんは気遣うようにそう言ってくれた。

「ありがと」

ほっとして礼を言うと、さーやちゃんは微笑を浮かべた。

「なに、気にするな。けど、私も本来その時間に仕事あるから、それは碧にやってもらっていいか？　ちょっと移動することになるんだが」

「私にできることなら」

この場を離れられるのであれば、むしろありがたいくらいだ。

「簡単さ。じゃあ今から説明するから、付いてきてくれ」

移動するさーやちゃんに従い、彼女の後を追う。

途中で、ポケットの中のスマホが震える。

見れば、陸からの着信が入っていた。

「出なくていいのか？」

スマホから顔を上げると、前を歩くさーやちゃんが、立ち止まってじっとこちらを見ていた。

「……うん。今は仕事中だしね」

無理やり笑顔を作ると、私はスマホの電源を落として歩き始めた。

そうして、私はさーやちゃんから仕事の説明を受けて、仕事をする場所へ向かった。

所定の場所に着くと、教わった通りに作業を進める。

「……これでよかったんだよね」

呟《つぶや》いた言葉は、作業内容ではなく自分の選択に。

入部を促す私の言葉に、驚いたような顔をした陸。

二人の間にあった薄皮一枚分の壁を、今日私は自分から壊した。

本音でぶつかりたと言えば聞こえはいいが、その結果がいい方向に転がるかと言えばまた話は別。

だって、少なくとも私たちの関係は、その壁がなければ成立しなかったから。

私はずっと負い目を隠して、陸もきっと気遣いを隠して、だからこそ成立した時間は掛け替えのないものだった。

でも、それではもう立ち行かなくなってしまった。

この優しい壁を成立させるために、彼が払っていた犠牲に気付いてしまったから。

だから、これは正しいことのはずなのだ。

「ただ部活を始めるだけなんだから」

親友が部活を始める。

言葉にすれば、それだけのこと。本当にたいしたことじゃない。

だけど——だけど。

好きなことをやって輝いていく陸に、私は嫉妬《しっと》の目を向けずにいられるだろうか？

好きなことをやっていく陸の視界に、私は一体いつまで映っていられるだろうか？

いつかお互いに違う方向を向いて、私の中にある陸への気持ちはどこにも行けずに消えてしまって、二度と交わらなくなる。

私が選択した道は、そんな未来に続いているのではないのか。

それだけが、ただただ怖い。

『さて！　それではみなさん、お待ちかね！　体育祭の締め、トレジャーレースがはっじまりまーす！』

校舎のスピーカーから、底抜けに明るい神藤さんの声が聞こえてきた。

いつの間にか、もう最終競技の時間になっていたらしい。

さーやちゃんから預かったタブレットPCで、ＹｏｕＴｕｂｅにログインした。

一般非公開のライブ配信の一つをクリックすると、ドローンカメラで撮影された映像が映る。

……正直、観るかは迷う。

今から映るのは、陸が野球部として参加する最初の舞台だ。

けど、自分の中でけじめをつけるためにも、ちゃんと観なければならないだろう。

『それではまずは部活枠から！　こちらは体育祭の成績には関係ありませんが、予算を賭《か》けた熾烈《しれつ》なバトルが繰り広げられますので注目です。ではまずは大本命の陸上部から――』

部活動の代表が紹介されていく。

それをじっと眺めていると、いよいよその時がやってきた。

『では次は野球部の代表です』

その言葉が聞こえてきた瞬間、胸がきゅっと締め付けられる感覚に襲われた。

『野球部代表は——有村銀司君！』

「え……」

予想外のアナウンスに、私は思わず呆然《ぼうぜん》として声を出した。

何かの聞き間違いだろうか？　けど、画面にはしっかりと銀司君が映っている。

「じゃあ、陸は……？」

混乱する私を余所に、神藤さんによる選手紹介は続いていく。

「お次はクラス代表の紹介です！　まずは一年生から！　一年A組、香取祐二《かとりゆうじ》君！　一年B組——巳城陸君！」

「うそ……」

再度襲う予想外のアナウンス。

スタートラインには、確かに陸の姿があった。

どういうことなのかとか、さーやちゃんはどうしたのかとか、そういう疑問が大量に湧いてくる。

ただ、そんな中でも分かることが一つだけあった。

これは陸からのメッセージ。

野球部の枠を蹴《け》って、あえてクラス代表としてこのレースに臨んだ。

その意味は、たった一つしかない。

――再び手放したのだ、甲子園を目指すという夢を。

「なんで、そんな……」

陸は私とは違う。何も諦《あきら》める必要なんかないのに。

なのに、どうしてそれを手放してしまったのか。

なのに、どうして――私はそれを嬉《うれ》しく思ってしまっているのか。

ふと、耳の奥に蘇《よみがえ》る声がある。

『碧。俺は――お前を退屈させるつもりなんかないぞ』

中学最後の試合の後。

あの熱い夏の全てが終わった病院で、彼は言った。

『一番好きなことができなくなったくらいで、つまんないなんて言わせない。俺がいるからな。これまで以上に毎日楽しくなると思え！』

本当に自信ありげに、彼は笑って宣言したのだ。

どうしてそんなことを言ってくれるのかと問いかける私に、彼は不思議そうな顔をして答えた。

『だって親友だろ？　俺たち』

当たり前のように陸は答えて――今もきっと、あの言葉を守ろうとしている。

だから、彼はあそこにいるのだ。

『それではレースを始めます！　よーい、スタート！』

神藤さんの合図で、レースがスタートした。

そうして、陸が走り出した。

この学校に隠された宝物を見つけるために。

八回表 ▼▼▼ 二人にとっての宝物。

走る。ただ走る。

グラウンドを抜け、中庭を回り、校舎の中を駆け巡る。

だけど、目的のものは見つからない。

『さあ、トレジャーレース序盤、今一年B組代表の巳城君が校舎内に入りました！』

神藤さんのアナウンスがスピーカーから響いてきた。

本来、碧が参加するはずだったレース。

それに俺が参加しているのには理由がある。

走りながら、俺はそれを振り返った。


「すみません、先輩。俺、やっぱり野球部には入れません」

深々と頭を下げ、ありがたい誘いを断った。

「……そっか。まあ、そうだな。入るつもりがあるなら四月に入ってるもんな」

早見先輩は怒るでもなく、少し残念そうに笑った。

「誘いは本当にありがたかったです。でも、俺は──」

せめてもの誠意として、俺は自分の素直な気持ちを伝えようとする。

が、先輩はそれを手で制した。

「ストップ。事情は分からないが、ここは西園寺を追いかける場面だろ？　俺のことなんて気にするなよ」

「……はい！」

俺は再び一礼して、踵《きびす》を返して碧の消えた先に向かう。

が、俺が躊躇《ためら》っている間に俊足の碧は影も形もなく消えてしまっていた。

でも大丈夫、当てはあるさ。

次の競技はトレジャーレース。

碧はその走者に立候補しているから、スタート地点に来ているはず。

そう考え、俺はグラウンドに戻ってきた。

しかし、碧の姿は見つからない。

スタート地点に集まる生徒の下へ近づいてみるが、やはり碧の姿はなかった。

代わりに、ここにいるはずのない人物を発見する。

「二条？　どうしてお前がここに」

そう呼びかけると、二条はどこかほっとした表情を見せた。

「巳城か。ちょうどいいところに来た。クラス代表でトレジャーレースに出てくれる奴を探してたんだ。巳城、出てくれ」

その言葉に、俺は少し驚いた。

「……碧が走るはずだっただろ？」

「碧は肩が痛いって言って棄権した。代わりに私が引き受けたんだが……私は元々、賞品が隠されている場所で待機するのが仕事だったからな。正解を知ってるのにレースに参加するわけにもいかないんだ。まったく、すっかり忘れてたよ」

二条の言葉は、どこか白々しい響きを纏《まと》っていた。

自分が参加できないことなんて最初から分かった上で、碧の頼みを引き受けたような。けど、今はそんなことはどうでもいい。俺が追及するべきことは他にある。

「それで、碧はどこに？」

「私がやるはずだった仕事を代わりにやってくれている」

「……その場所は？」

薄々どういう返答が来るか分かりつつも、俺は訊《たず》ねる。

「言うわけにもいかんだろう。それは正解を教えるのと同義だ。知りたいって言うなら、お前が参加して賞品の隠してある場所を見つけ出せ」

予想通り、二条はにべもなく守秘義務を守った。

「二条」

名前を呼んで暗に答えを要求するが、彼女は首を横に振った。

「……私にも通さなきゃいけない義理がある。このレースを成立させるのに努力していた人間を知ってるからな。協力できるのは、ここまでだ」

それで、俺は彼女の立ち位置を悟った。

レースを台無しにしないよう、だけど碧と俺の問題が解決するよう、二条はギリギリの妥協点を示してくれたのだ。

「……分かった。あとは自力でやる」

碧の居場所がこのレースのゴール。

上等じゃないか。自由に逃げられるより、一カ所に立ち止まってくれているほうがずっと捜しやすい。

「じゃあ、そういうことで受付登録しといてやる。碧はお前に任せた」

「ああ」

上空を一瞥《いちべつ》する。

そこには紫色のドローンがふよふよと浮いていて、俺たちを映していた。

碧もどこかでこの映像を見ていることだろう。

俺が参加したことが分かれば、それだけでメッセージは伝わるはずだ。

そう考えてから、俺は不意にもう一つ頼まなきゃいけないことを思い出した。

「ついでに、銀司を捜して野球部代表で参加させといてくれ。あとで栄養ドリンク奢《おご》ってやるからってメッセージ付きで」

俺の言葉に、二条は微笑を浮かべて頷《うなず》いた。

「分かった。確かに伝えとく」


――そうして、俺はレースに参加した。

早い者勝ちということで、まずは体力任せにそこら中を走ってみたが、どうにも見つからない。

よほど分かりづらい場所に隠しているのか、意識の死角を突いているのか、思った以上に難易度が高いようだ。

ここは落ち着いてヒントについて考えるしかないか。

即ち、『この体育祭に必要のないもの』『みんなに注目されているもの』『人間ではない』。

俺は荷物置き場から自分のスマホを持ってくると、ＹｏｕＴｕｂｅの体育祭チャンネルにアクセスする。

四台のドローンカメラから映し出される学校の映像を見て、怪しい場所に当たりを付けようという作戦だ。

ドローンが撮っている映像はグラウンド、校舎の屋上、校門前、中庭。

このカメラに碧が映っていれば、それほど分かりやすいことはないのだが、さすがにそうはいかないし、カメラにもヒントに該当するものは映っていなかった。

「いや……」

よくよく考えてみると、一つ心当たりがある。

俺はその予想に賭《か》けて、再び走り始めた。

辿《たど》り着《つ》いたのは、グラウンドの隅。

そこにあるのは、副会長が勝手に発注した『走リス君』とかいうマスコット。

三つのヒント、全ての条件に当てはまる存在だ。

「ここに何か答えが……」

そう思い、俺は人形を調べ始めた。

等身大の人形をくまなくチェックし、正解もしくは碧が隠れられるようなスペースはないかを探す。

だが――

「ダメ、か」

どうやら外れだったらしい。

……参った。こうなると心当たりがない。

思わず天を仰ぎ、溜《た》め息《いき》を吐く。

すると、紫のドローンが視界に入った。

ふよふよと浮遊するドローン。そのカメラと目が合うと、少しバツの悪い気分になる。

もし碧がこのドローンの映像を見ているとしたら、格好悪いところを晒《さら》してしまった。

「…………あれ」

ふと、違和感を覚えた。

何に対してだか分からない、直感的なもの。

しかし、俺はそれを気のせいだと一蹴《いっしゅう》したりはせず、スマホの画面を見た。

ＹｏｕＴｕｂｅの配信画面を呼び出すと、ちょうど紫のドローンが撮影した映像が流れている。

残り三つの配信チャンネルをザッピングしても、それぞれのカメラが撮影している映像が正常に流れていた。

だけど——おかしい。何かが確実におかしい。

画面を食い入るように見ながら、俺は頭を巡らせる。

思い出せ。準備期間から今日この時に至るまでの全てを。

脳裏に焼き付いた記憶を再生し、現状と照らし合わせ——不意に、道が開けたような感覚がした。

「分かった！　くっそ、そういうことかよ！」

そうして正解に辿り着いた俺は、思わず悪態を吐いた。

まったく、このヒントを考えた奴は意地が悪い。

俺はスマホの映像とリアルの光景を見比べながら、正解の場所を探し出す。

そうして探した目印が示す場所は——保健室。

「待ってろよ、岩……！」

呟《つぶや》き、俺は最後の疾走に入った。

校舎に飛び込み、下駄箱を抜け、階段を上る。

気付いてしまえば、答えは簡単だった。

三つのヒントが示すもの――それは、ドローンだ。

四つのＹｏｕＴｕｂｅチャンネルと連動して、撮影用に飛んでいる今回の目玉。

そう、四つのチャンネル、四つのカメラである。

にもかかわらず、だ。


準備期間中に銀司が飛ばしていたドローンは赤色だった。

今日の午前中、俺と銀司が操っていたのは黄色い機体と緑の機体だった。

俺と碧が昼食を摂っている時に現れたドローンは青色だった。

そして、ついさっき俺を映していたあのドローンは紫色だ。


即ち――ドローンは五種類ある。

カメラは四台しかないというのに。

であれば、ドローンのうち一体はカメラを積んでいない、ただ浮遊しているだけのもの。

体育祭に必要なく、みんなに注目され、それでいて人間ではない存在だ。

ＹｏｕＴｕｂｅの配信画面と実物のカメラを見比べ、検証した結果、現在なんの映像も撮っていないドローンは、保健室の前に浮いている黄色の機体……！

あそこに、碧がいる！

爆発しそうになる肺を宥《なだ》めながら、一気に階段を駆け上がった。

酸欠で重くなる足を無理に動かし、俺はとうとう保健室の扉を開ける。

「え……えっ⁉　り、陸⁉」

そこには、困惑したような表情を浮かべる碧がいた。

ほんの数分前に会ったばかりだったのに、彼女の顔を見た瞬間、泣きたくなるほど安心してしまう。

そんな衝動を抑えるため、俺は大きく深呼吸をしてからゆっくりと口を開いた。

「よう、宝物の番人さんよ」

「番人って……私が？」

どうやら二条は碧に自分の役割を教えなかったらしく、碧はピンと来てない様子だった。

「とりあえずドローンを降ろしてくれ」

「う、うん」

言われるがままにドローンをベランダに降ろす碧。

俺はそれを回収すると、取り付けられた模造品《イミテーション》のカメラを外し、分解してみた。

すると、思った通り中から遊園地のチケットが出てくる。

「ほら、そのドローンが宝物の隠し場所だったんだ」

「そ、そうだったんだ……全然気付かなかった」

碧は驚いたように溜め息を吐いた。

その表情を見て、俺は悪戯《いたずら》に成功したような気分になる。

「やったな、これで一年B組が相当リードしたぞ」

気さくに笑いかけると、驚きに染まっていた碧の表情が曇った。

「……どうして、野球部に入らなかったの？」

それは嘆きのようでいて、糾弾のようでもあった。

そんな彼女の問いかけに、俺は自分の気持ちを素直に吐露する。

「興味がなかったから」

「嘘！」

俺の答えを、碧は強く否定した。

「私のために入らなかったんでしょ！　陸だけ好きなことをやってるのを見たら、私が嫉《しっ》妬《と》して、惨めになるから……だから陸は、私のために野球を諦《あきら》めたんだ」

碧が俯《うつむ》く。

その拍子に、目から雫《しずく》が一粒落ちた。

「ごめん……ずっと陸の足引っぱって。なのに、今までそこから目を背けてた。私は……卑怯《ひきょう》者だ」

苦しげに吐き出される碧の懺悔《ざんげ》。

だけど、本当に懺悔をしなきゃいけないのは、俺なのだ。

「――違うよ。卑怯だったのは、俺のほうだ」

その言葉に、碧は顔を上げる。

濡《ぬ》れた瞳《ひとみ》に射貫かれると、胸の奥で罪悪感がずきりと蠢《うごめ》いた。

それでも、俺はちゃんと踏み込まないといけない。

「俺さ、本当は甲子園を目指したことなんて一度もなかったんだ。野球は好きだったけど、俺は十分身の程を知ってたし……青春全部を懸けたいって思うほどの情熱もなかった。高校で野球をやるつもりなんて、最初からなかったんだよ」

その告白に、碧は目を見開いた。

「うそ……だって中学の時まで、ずっと甲子園に行くって言ってたじゃない」

彼女の言葉に、俺は微笑を浮かべた。

「ああ。そっちが嘘だったんだ」

それが、俺が作っていた最後の壁。

「どうして……？」

動揺したように問いかけてくる碧。

「碧に、負けたくなかったから。碧はソフトボールが大好きで、ソフトをやってる時は本当に輝いていた。なのに、俺は何をやってもそこまでの情熱を持てなくて……そんな自分がくすんで見えた。嫉妬して、惨めな気分になってたのは俺のほうだったんだぜ」

だけど、俺はそんな自分を認められなかった。

俺は碧と対等の親友だったから。

なのに、一方的に俺だけくすんでいたら、対等でなくなってしまう。

その劣等感を抱えたまま親友でいることは、きっと難しい。

だから誤魔化すことにしたのだ。

碧のことも、自分自身のことも。

俺は野球が好きで、甲子園に行くという夢を持っている、輝いている人間なのだと。

「だけど、本当は苦しくて……限界だった。だから、だからさ」

俺は一呼吸置いて、最低な自分の本音と向き合う。

「――碧が怪我をした時、俺はほっとしたんだ。もうこれで、野球を辞めても対等でいられる。甲子園なんか、目指さなくてもよくなるって」

覚悟は決めていたはずなのに、己の汚い部分を吐き出す声音は震えていた。

「陸……」

言葉を失ったような碧の視線が痛かった。

でも、一度吐き出した本音はもう止まらない。

「俺は……お前のために野球を辞めたんじゃない。お前のせいにして、格好良く野球を辞めようとしたんだ」

自分の薄汚さに、思わず自嘲《じちょう》の笑みが零れた。

「だから、卑怯者は俺のほうだ。すまなかった、碧」

こんなの、軽蔑《けいべつ》されても仕方がない。

「そんな……謝ることなんてない！」

だけど、碧は俺の両腕を掴《つか》んで、至近距離から俺を真っ直ぐ見つめてきた。

「私、陸のおかげで立ち直れたの！　ずっと親友でいてくれて、辞めてからも側にいてくれて……陸がいなかったら、きっとまだ引きずってた」

「碧……」

「なのに、私こそごめん。陸が苦しんでたのに気付けなくて……いつも私ばっかり助けてもらってて……陸に何も返せてない」

涙を浮かべる碧に、俺は首を横に振った。

「碧が謝ることじゃないさ。俺が勝手に踠《もが》いてただけなんだから。けど、それももう今日で終わりにする。ちゃんと、自分に向き合わないとな」

碧の目を真っ直ぐ見つめ返した。

薄皮一枚分の壁越しじゃなく、視線と心が直接重なる。

「うん。じゃあ、本当の陸は何をしたいの？」

碧に訊《たず》ねられて、俺はじっと自分の心を見つめた。

そう時間は掛からず、答えが浮かび上がる。

この気持ちはいつもそこにあるものだったから。

「――碧と一緒にいたい。楽しいことがあった時は一緒に笑いたいし、辛い時は側で支え合いたい」

ただ、側にいたい。

友情が愛情に変わって、言えないことがどれだけ増えていっても、その気持ちだけは何一つ変わらなかった。

それこそが、俺の中にあるたった一つの真実。

俺の言葉を聞いて、碧も頷《うなず》いてみせる。

「そっか。うん、私も同じ気持ち」

こんなの、親友なら当たり前のこと。

お互い、そんな簡単なことを言うために随分と遠回りしてしまった。

だけど……うん、ようやく言えた。

そこで俺は、手に握ったままだったペアチケットの片割れを碧に差し出す。

「碧、デートしようか」

心の赴くままに、そんなふうに誘ってみる。

俺にとって、新たな一歩。

碧は軽く目を見開いた後、花が咲くように笑った。

「いいよ。私もそうしたいなって思ってたから」

碧は笑って、俺からチケットを受け取るのだった。


——それから数分経って。

すっかり忘れかけていたが、よく考えたら今はレース中である。

保健室から出てきた俺たちは、ゴールに向かうべく歩き出した。

「あ、陸あれ」

不意に、碧が廊下の窓を指差した。

その先を追うと、窓の外には紫のドローンが現れ、俺たちを映している。

「実況用のドローンか。少し盛り上げてやるかな？」

俺は賞品であるチケットをドローンに見せつける。

すると、スピーカーのスイッチが入る音が聞こえた。

『おーっと！　一等のペアチケットだ！　なんと一年B組の巳城選手、一等を獲得！　というか今、女子と二人で保健室から出てきたぞ！　レース中に何をやっているのか、この二人は！　ベッドの上で体育祭なのか⁉』

「いやいやいや、競技をやっていただけなんだけど！」

『さあ、もはや例のジンクスを使ったのが丸分かりの組み合わせですが、一応の確認は必要でしょう！　ヒーローインタビューをお楽しみに！』

慌てて否定する俺の声は、残念ながら届かなかったらしい。

「……おいこれ、早く行かないとどんどん尾ひれ付けられるんじゃないか？」

嫌な予感を覚えて俺が言うと、碧も苦笑交じりに頷いた。

「そうだね。また前みたいになっても大変だし、急いで神藤さんを止めに行こうか」

「ああ。全く、落ち着かせてくれねえなあ！」

一つ溜《た》め息《いき》を吐くと、俺と碧は揃《そろ》って走り出した。

賑《にぎ》やかな日常が、俺たちを待っている。

八回裏 ▼▼▼ エピローグ。

待ち合わせ場所の駅前に向かう途中、ふとショーウインドウに映る自分の姿を見た。

黒いTシャツと白のショートパンツ。そして何より安定のスニーカー。

「……うん。これなら前のデートの時みたいな失敗はしないかな」

ちょっと色気に欠けるが、向かう場所を考えるとこれがベスト。

なんたって今日は待ちに待った陸との遊園地デート。

前と同じ轍《てつ》を踏むつもりはない。今日こそは最初から最後まで目一杯楽しんでやるのだ。

そんな決意とともに駅前に向かうと、すぐに陸の姿が見えた。

どうやら私よりだいぶ早く来ていたらしい。

「陸、お待たせ」

小走りで近づいていくと、スマホを眺めていた陸は顔を上げて、パッと笑みを作った。

「いや、時間ピッタリだよ」

そう言ってから、陸は私の格好を軽く確認する。

「今日はヒールじゃないんだな?」

そして、前の失敗を早速いじってきた。

「まあね。今特訓中だから」

ちょっと唇を尖《とが》らせて言う私に、陸は興味深そうな目を向けた。

「へえ。じゃあ、いつかリベンジするのか？」

「うん。陸の足をもっと上手く粉砕できるようになってから履く」

「攻撃力を上げる特訓をしてんの⁉　粉砕しないように履きこなして欲しいんだけど！」

「え……粉砕じゃなくて貫通ってこと？　それはちょっと」

「思考がバイオレンスすぎる！　よし分かった。じゃあ不本意だがここで『なんでも言うこと聞く権』を使うわ。俺とのデートでヒールは履いてこないでくれ」

と、陸はトレジャーレースの一等を取ったことで手に入れた権利を、早速行使してきた。

「いいけど……そんなことに使っていいの？」

あまりに下心の欠片《かけら》もない権利行使に、使われた私のほうがちょっと釈然としない。

過激なことを要求されても困るけど、もうちょっと私との距離を縮める方向での使用を期待していたのが正直なところだ。

「ああ。この先、何度もヒールを阻止するのは大変だからな」

じとっとした目でそう言ってくる陸。

だが、私の心は彼とは違い、ちょっと浮かれてしまっていた。

「ふ、ふーん……何度も私のことデートに誘うつもりなんだ」

「あ、いや、それは……」

陸も自分の失策を悟ったのか、動揺したように口ごもった。

ふっふっふ、嬉《うれ》しいことを言ってくれた上に反撃のチャンスまでくれるとは。

一気に上機嫌になった私が、今の発言でからかってやろうとした、その時である。

「まあ……そういうつもりだよ」

照れ臭そうな表情をしながら、陸がぽつりと呟《つぶや》いた。

「え、あ、そうなんだ」

機先を制された私は、つい間抜けなリアクションを取ってしまった。

それをどう思ったのか、陸がすっと視線を逸らす。

「まあ、嫌ならいいけど」

「い、嫌じゃないよ。嬉しい……です」

勘違いされそうになって、私は慌ててフォローをする。

「そ、そうか」

お互いに気恥ずかしくなって、微妙な沈黙が生まれた。

「あはは……なんか照れるね」

私がなんとか言葉をひねり出すと、陸も頷いた。

「そうだな。ま、たまにはこういうのもありってことで」

「うん。そうだ、陸。手、繫《つな》いでいい？」

ドキドキと高鳴る鼓動に押されるように、私はそんな要求をしていた。

「今日は転ぶ要素ないだろ」

「うん、それでも。嫌？」

「嫌じゃないけど……ほら」

そっと陸が手を差し出してくる。

少し緊張しながら、私はその手を握り返した。

まだ素振りをしているのだろう。陸の手はところどころゴツゴツしたマメがある。

私の手は、もうとっくに綺麗《きれい》だ。

投球練習であんなに作ったタコも、マメも、すっかり消えてしまっている。

それを寂しく思うこともあったけど、それでも今この綺麗な手で摑《つか》んでいるものを手放したいとは思わない。

「よし、今日は足元が安定してるからくたくたになるまで遊び倒しちゃうぞ！」

そう張り切りながら、私は陸の手を引いて歩き出した。

「おいおい。帰りのことも考えて加減しろよー」

「いざとなったら陸にまた負ぶってもらうので」

「あの羞恥《しゅうち》プレイは二度とごめんだ。くそ、こっちで『なんでも言うこと聞く権』使うべきだったか」

「ふふ、後悔してももう遅い。体力の続く限り私と遊び尽くすのだー！」

「はいはい。まったくもう……」

呆《あき》れたような陸の横顔を見ながら——その瞬間を思い出す。

あの熱い夏が終わった病院。二人きりの廊下。

『だって親友だろ？　俺たち』

『————』

そんなありがたい言葉に、私は素直に頷けなかった。

——一瞬だった。不意打ちだった。抗う隙すらなかった。

その瞬間、私の気持ちは友情よりも、もっと熱くて切ないものに変わってしまったから。

「ねえ陸」

「ん？」

名前を呼ぶと、彼は優しい表情でこちらを見た。

そんな彼に向かって、私はとびきりの笑顔を向ける。

「楽しみだね！」

私のなんでもない言葉に、彼は笑って頷《うなず》いてくれた。

「ああ、そうだな」


改札を抜ける時、不意に強い風が吹いた。

春風の肌寒さはもうなく、心地よさだけを運ぶ陽気な風。

新しい夏が、すぐそこまで来ていた。

あとがき

初めての方は初めまして。

前作からのお付き合いの方はお久しぶりです！

三上こたです。


今回のお話は親友同士の両片思いラブコメ！

『百里を行く者は九十を半ばとす』なんて言葉もあるように、物事というのはゴール寸前になってからが一番大変だったりすることが多々あります。

恋愛においてもそれは然り。

つまりは両思いになってからが片思いの本番なのです！

何を言っているか分からないかもしれませんが、この物語を読んでくださった方にはだいたい伝わると思います。

まだ読んでいない方には是非とも読んでいただき、理解していただきたい。

親友にだって言えないことはあるし、親友だからこそ言えないこともある。

そんな苦悩を抱えつつも、恋に挑んでいく二人の青春を応援していただければ、これに勝る喜びはありません。

最後になりましたが、謝辞を。

イラストを描いてくださった垂狼様、どのキャラも三上の好みに超ストライクで最高でした。

いつもお世話になっている担当編集様、校正様、その他多くのこの作品に関わってくださった方々。

そして何より、この作品を手に取ってくださった読者の皆様。

この場を借りて感謝申し上げます。

ではでは、またお会いしましょう！

三上こた

親友歴《しんゆうれき》五《ご》年《ねん》、今《いま》さら君《きみ》に惚《ほ》れたなんて言《い》えない。

著　三上《みかみ》こた

角川スニーカー文庫　23349

2022年10月1日　初版発行

発行者　青柳昌行

発　行　株式会社KADOKAWA
〒102-8177 東京都千代田区富士見2-13-3
電話　0570-002-301（ナビダイヤル）

印刷所　株式会社暁印刷
製本所　本間製本株式会社

◇◇◇

Printed in Japan　ISBN 978-4-04-113086-5　C0193

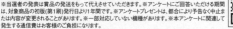

★ご意見、ご感想をお送りください★
〒102-8177 東京都千代田区富士見 2-13-3
株式会社KADOKAWA　角川スニーカー文庫編集部気付
「三上こた」先生「垂狼」先生